跨度新美文书系

Kuadu Prose Series

跨度新美文书系
Kuadu Prose Series

CHU

MEN

ZAI

WAI

出门在外

瘦谷 ◎ 著

中国文史出版社

目　录

第六辑　情何以堪

第七辑　平常景象

第一辑　白露凉梦

时间的残雪

  去年冬天的残雪其实也是时间的残雪。我们眼看着它们像一朵朵地上的云团被时间风干，被在温度计中一天天向上爬行的季节吞噬……雪融化的声音从房檐口滴落下来，真的很像古老的以水计时的钟漏。每一下声音都在提醒我们：覆水难收，时间一去不返；逝去的岁月留下的只是充满想象、幻觉的记忆，而不能再现、重逢。所以钱钟书先生说："自传不可信，相识回忆亦不可信……"时间的残雪把记忆的照片泡软、泡黄，泡得影像模糊。我们说出的常常是我们的想象，也许是合情合理的，但肯定不是原来的事实——时间本身并不具有可回溯性。

  关了一个冬天的窗户已经打开，初春的阳光径直射进屋来。我们看见石头壁炉中的火苗正在熄灭，松香的气味在阳光中像是陈旧的灰尘，在归来的故人的眼中徐徐缭绕，升腾。这一切都予人时间停留的感觉——其实只有在现实中生活的情绪沮丧的人才有这种幻觉。除此之外还有多情善感的诗人、作家、艺术家，他们耽于幻想，热爱童话的气质使他们喜欢做梦。他们以他们的青春和生命做这种他们称之为"艺术"和"创造"的赌注。他们与时间拔河，与时间作战。看见壁炉中火苗最后的情景，我似乎看到了这种努力的结果。

这些最顽强的火苗即使在生命濒临死亡的最后一刻，仍然伸直身体，做一个最后的腾跳。

这些最后的焰舌即使在阳光中也仍然可以把我们的眼睛照亮。当火焰熄灭，我们就感到我们所处的屋子、世界、时空突然一暗。但是，即使是这种辉煌的结束，即使火焰完成了这最后的、感人的挣扎，时间仍然会毫不留迹地匆匆走过。我们可以暂时保留火焰后的灰烬，却无法保留火焰原本的音容和身体。

火焰后的灰烬其实就是时间的残雪。这些美丽的、白色的翅膀安静地垂落下来，然后消失……

之后，就再也没有人能描述火焰曾经的、真实的样子了。

我从冬天末尾的黑屋子中走进春天最初的山冈。早晨灿烂的阳光中，满山冈都是残雪被阳光烧灼时发出的轻轻的、哒哒的声音。残雪卷着身体，在湿漉漉的山冈上三五成群地晒着太阳。远处是高耸入云的山峰，峰仞壁立，水晶一样的冰峰在阳光中发出熠熠的寒光，蓝色的云絮从冰峰的顶端升起，像是一道道凝固的闪电把空气中的水分子汽化。

如果闪电已经横空出世，那么雷声是不是就要滚滚而来？土壤下冬眠的虫子是不是就要苏醒？那个名叫"惊蛰"的调皮孩子是不是就要把地上的残雪惊吓得魂飞魄散，以至于连身体都会躲进时间深处？虫子和残雪在同一条路上相逢，匆匆忙忙的它们甚至来不及相互问一声好，就错身而过了。松软、湿润的土地中，麦苗舒展开了身肢，而草则笑嘻嘻地露出了星星点点细小的牙齿。

是谁在这山冈上放牧这娇小的白羊？是谁在这山冈上放牧这时间的残雪？

时间在达利的画笔下可以折叠，而残雪呢？柔软的残雪却不能被一个真正的关注时间的忧世伤生者保留哪怕是一个短暂的季节。美丽的残雪在我们的面前匆匆走过。啊！残雪，你发出的足音是溪流、是瀑布、是东去的大江，还是枝头音乐般闪烁异彩的晶露？

我坐在山冈的石头上，任由残雪在我的心中徐徐地漫漶，感受残雪热烈的簇拥。一条小路曲曲弯弯，我留不住你们，就像我留不住我自己。你们也留不住我，哪怕你们在这山径两旁伸出温情真挚的手，想拉住我在风中飘拂的衣襟。我们都无法感动那放牧时间的老人，在时间老人的统领之中，我们甚至无法找到传告我们声音的信使。时间竟然强大专横得不让我们说出我们对于时间的感受。

除了山冈上停留着残雪外，河流上也有残雪，树枝上也有残雪，但鸟巢上没有。黑黑的鸟巢像是冬天中落尽枯叶后的果子，硕大，饱经风霜。

残雪不时从树上啪嗒一声落下来，落到地上和河中。这是春天来到时，注定要发生的事情。那些枝上的嫩芽齐心协力，"嗨"的一声便把残雪从自己的身上推了下来。

有薄冰嚓嚓破碎的声音，这声音和河上的残雪一起顺流而下。明亮的阳光从天而降，直达河上漂流浮升的碎冰。从碎冰上折射出来的光斑在我黑色的衣裳和树下的阴影中闪闪烁烁。残雪就在这些站着阳光的浮冰间安静地穿行，而我却看不见河边牧鹅的少年。

是的，在这个季节，残雪将从我们的眼跟前溜走，就像那些暗藏心机、调皮的白鹅从牧鹅的少年的竹竿下溜走一样。我们触景生情地张开嘴巴，却无法唱起往日的牧歌。时间已经使我们再也找不准那首老歌的调子，即使残雪漫漶的水痕最终也干枯消失得踪迹全无。

海底的火焰

我结束了我八个月的海边生活。在这八个月中，我每天上午都要像一个规矩的学生一样坐在教室中，听那个毕业于上海圣·约翰大学的女教授讲授英语文法。老太太非常慈祥，她笑起来的时候，脸上的皱纹就像菊花一样盛开；或者跟随那个毕业于英国皇家海军学院的老水手学习英语口语。他那带有浓重牛津腔的口语，使我们和他对话的时候，总是要不由自主地耸着大大小小的鼻子。

我的寓所的后窗外边就是大海，经过这段海域的轮船的汽笛是那么嘹亮，如果我在读书或者写作，我都要放下手中的书或者笔，侧耳倾听这犹如向我和所有陆地上的人们亲切致意的声音。我甚至会走到后窗前，推开窗户，去遥望海上的行船。

那是一段孤寂的生活。孤寂的生活给人以沉思冥想的机会。每天下午或者晚饭后的傍晚，我都要一个人走到海边呼吸来自大海的咸腥潮湿的空气，常常要到天完全黑了，身后的城市已经成为灯火的不夜城，我才回到我的寓所。我在海边的沙滩上散步，或者坐在礁石上凝视着大海和大海上生生不息的波涛。海浪在我脚下的礁石上撞击，海鸥在天空中飞翔，来自生命、来自心底亮丽的鸥鸣总是能穿过貌似强大、气势汹汹的涛声而清晰地到达我的耳膜和内心。

我就在这苍茫的黄昏时分沉入思索之中，沉入我的梦想之中。

有无数已经过去或者还未来临的瞬间在我的心灵深处和大脑的沟回中跃动。我知道，每一个在宁静的时刻省察人生的人的内心都有一条神奇的"时间隧道"，通过这条时间隧道，我可以抵达遥远的过去和未来，也可以抵达我的梦想，并且还可以唤醒我的记忆，制造出我醒着时的幻觉。

1

我无法忘记我的这个幻想。这个幻想至今使我无法宁静，给我一种无形的指引，影响着我的生活和人生。我不得不记下这些回旋的意识之流，使我重新回到过去平静的生活之中。

在漆黑的夜里，在这个信仰崩溃的年代，我看见了你。我看见你向我走来。

那是怎样寒冷的海水，怎样苦涩的海水啊！

你在海底行走，手执着燃烧的火炬。海水掀动着你的衣衫，看上去你就像一个迎着风暴行走的人。但你的右手仍然高高地举着，举着熊熊燃烧的火炬。火炬燃烧时所冒出的缕缕青烟在蓝色的海水中袅袅升起，然后消失，就像陆上村庄屋顶的炊烟融化在蓝天之中。

你手中的火炬照亮了海底的世界。你的身旁簇拥着无数的、各种各样的鱼，它们好奇而又不解地看着你，喋喋不休地议论着你，议论这从未有过的奇观。所有鱼的眼睛中都飘摇燃烧着你手中的火炬，明亮的火焰在它们的眼睛中小如芥子。

我看见你长长的头发在海水中飘动，像黑色的火焰，像你身旁的海带、海藻；我看见你高挺着向前的胸膛，冲破迎面而来的汹涌的海水。海藻想绊住你的双脚，海水想把你推倒在海底，而你仍然义无反顾地在海底行走，照亮黑夜中的海底。

我不知道你是怎样点燃这海底的火焰的,更不知道这火焰的火种取自何处。什么时候,这不息的火焰才会煮沸这汪洋的海?!

你不是洛水中的女神洛嫔,你没有"柔情绰态,媚于言语",你也没有"翩若惊鸿,婉若游龙"之形。你永远都是沉默的,你永远都是坚定的,你也永远都是健康的。你是上帝派来的信使,还是人类中的圣女、英雄?你来到这黑暗的海底,勇于献身的你立志要拯救这个乱糟糟的世界!拯救我们堕落的人类!

你就这么向我走来,泪水盈满了我的眼眶。我流着泪水的脸颊在你手中火焰的映照下,显得是那样的惨白。

2

1994 年的夏天已经来临。夜已经深不可测。妻子和女儿已经沉入了她们安恬的梦境,她们的梦呓不时使我转过头去,充满爱怜地看看她们。我又回到了我必须回到的、烦躁喧闹的城市之中,回到不得不虚与委蛇的烦琐的人事中间。疲惫的我只有回到安静的家中,和家人在一起或者坐在电脑前开始写作时,才会感到轻松起来。现在,我坐在洞开着窗户的屋中,回想已经过去了的八个月的海边生活。

凉爽的风充满了小小的房间,我甚至感到我身处的房间像是一个孕妇,风鼓起了它的身体。

我不知道什么时候电停了,我不知道我头上的电灯开关与否。月光照进了屋中,风和月纤纤的细手搭在我麻木的肩头。我在这深深的夜中等待什么,守望什么,我沉重的头颅中是一些什么样的思想像岩浆一样沸腾。

我毫无困意地坐着,我的身体浸泡在这月光、夜色和风声围绕而成的时空之中。这样的夜晚、这样的时刻单纯得令人落泪，令人哽咽。我把自己想象成一张等待感光的相纸，如果电灯的开关已经关上，即使对我自己而言，今晚也可能是一个谜，一个被时间悬置的谜；如果电灯的开关仍然开着，如果电流终于来临，在那突然的光芒中，我的身体，我的思想都将被彻底曝光，我的灵魂将受到上帝的拷问，受到我自己的拷问。

我已经预感到这个时刻即将来临！

那不是光子闪射弥漫，不是物理的电流通过钨丝放出光芒；那是复苏的良知，那是崇高而无污染的精神，那是一个在人欲的海洋中的火炬。

如果我的肉体还没有死去，如果我的灵魂还能够拯救，如果我还有一些洁净的精神可言，如果我一直没有忘记自省的话，那么我将被这像神祇一样的光芒照亮。

这不仅仅是智慧的光芒。在这个时代，人的智慧已经发挥到了极致。权力和金钱使我们身在的世界充满媚俗和自私，人在绞尽脑汁，绞尽脑汁的智慧正在轻易地欺骗我们，甚至已经欺骗了我们。他们的智商比我们高，善良的人总是被恶毒的人打败。

3

这个混乱的人世，这妄图浸淫淹没人世一切美好东西的欲海，谁是那"明知不可为而为之"的人？是谁一生秉持"虽千万人，吾往矣"的信念，百折不挠地用自己的头颅碰撞海底的燧石，立志点燃纯洁精神的火炬，在海底行走？

我不是那个手执火炬在海底行走的人。这样的人是圣母、圣女，是神子，是人杰，像俄罗斯神话中的丹柯，在黑暗的森林中捧出自己鲜红的、怦怦跳动的心，照亮归途，领导迷途的部落走出困境；是希腊神话中的普罗米修斯，从天上为身在俗世的人类盗来圣火，驱散人类身外的黑暗，也驱散人类心灵的黑暗。而自己却被缚于高加索山，任由鹫鹰的长喙啄食自己的心和肝；是近代印度史上杰出的"圣雄"甘地，在漫长的牢狱生涯中坚守着自己伟大的信念，为民族造福的信念，像一盏长明的圣灯，引领着民族改良社会。

我是一个平凡的人，当我说起这些英雄的名字的时候，我甚至感到羞愧。但我从心底里呼唤这样的英雄。世界是多么需要这样的英雄啊！然而这样勇于献身的英雄却是这样的稀少。这使我更加感到锥心的疼痛。

少年时代，每当我读到项羽被围于垓下，自刎乌江，我就忍不住心底的疼痛，就忍不住眼睛发红，饱含眼泪。项羽力可拔山、气概盖世，结果却让人品卑下、武功拙劣、一肚子花花肠子、下流无耻到"分我一杯羹"的沛县小流氓给灭了。这是历史的误会，也是历史的无情。英雄总是败于泼皮相的流氓。

4

八个月的时间，使我在海边的生活从春天来到深秋。我虽然不再打开房间的窗户，深秋的海风已经砭人肌骨了。但我仍然不时去到寒风吹拂的海边，寻找已经很难看到的海鸥和它们充满生命激情的鸣叫。

那是一个涨潮的日子，海天之上是一轮硕大的圆月，但不时被乌云遮住。风刮过海滩，刮过我的身体，我一个人在海边行走，或者伫立不动。一时间，我不知道我已经在海边停留了多长时间，也忘记了寒风对我身体的伤害。

明亮的月光照在海上，像是破碎的冰群拥挤着向海边漂来。

在月光之中，我的身影也在涌动的海潮上起伏跃动，一个海浪打来，飞起的浪花把它打得粉碎。但一当海浪平息下来，我的身影又固执地出现在海面上。

我没有看见那座木屋中的灯光，那座木屋的灯光是什么时候熄灭的。在夏天的时候，那座木屋的灯光曾经给过我孤寂生活中像家一样温馨的召唤。我曾经看见一个穿着白裙子的小女孩在木屋前的秋千上悠然地晃荡。我曾经带着那个可爱的小女孩在一个下午去寻找过那边山涧中的瀑布。现在，那座木屋和我一样在海边伫立着，我听见它在风中发出吱吱咔咔的呻吟。它身上的枯藤被风吹起来，飘荡着，像是鞭子抽打着木屋。

那个荡秋千的小女孩呢？那个小女孩回到了她永远的家吗？她现在是在唱歌还是在做梦？

那边的松林在海潮的轰响中隐隐约约地传来阵阵松涛，但我看不见我带领小女孩去寻找瀑布时的那条山间小路。幽黑的松林，不时有几只被海风惊醒的鸦鸟突然飞起来，在我的头上盘旋几圈后，又重回到它们的窝巢。

不知道为什么，我的思绪总是不时地回到那个山涧飞流直下的瀑布上。瀑布在空中飘荡的形象像是猎猎的挽幛，对我而言在今晚它是不是已经带着祭奠死亡的喻义？

那些在涨潮的海中身体越来越小的海中礁石岿然不动。

这些黑黝黝的礁石看起来更像是海中的坟冢。

我听见了我孤寂的灵魂深处传来那悲声如咽的大提琴声。

这些礁石是烈士的坟茔，是英雄的坟茔。他们的信念永远像礁石一样坚不可摧，永远挺立在风口浪尖。每一座礁石的内心中都燃烧着一束火焰。

如果我死去，如果我能够，我愿意把我瘦弱的身体安葬在海礁的中心。

一些礁石的身影在月光之中完全消失了，消失在汹涌的海水之中。是天堂之门，也是地狱之门为这些被淹没的礁石訇然洞开，礁石宽大的双肩擦过这窄小的门洞，闪耀出耀眼的光芒。

是不是那手执火炬在海底行走的人就是在这里点燃了她手中的火炬的？

回头的时候，我看见那个穿着白色衣裙的小女孩站在我的身后，轻声地问我：

此处离黎明还有多远？

城市寓言

A. 我的灵魂逃逸出我的躯体，被风吹到夜空之中

……滴答……滴答……

在我混沌沉重的睡眠中，我听见了这难得的充满水意和温情的声音。这声音使我坠入遥远的乡村生活，那秋天的雨滴总是这么充满诗意地从黑色瓦檐的边沿失脚跌落下来。但是，很快，我的下意识就极具嘲讽地反驳了我这个最初的梦想——在这座由水泥、钢铁和玻璃组成的现代神话城堡中，飞翘的屋檐只有在观光的地点才可以看到，少有的雨声穿过城市上空厚重的尘埃时总是拖泥带水，犹如浑浊的泥汤流过心灵。

那这是什么声音呢？在这喧噪的夜中，一轮昏黄的孤月在高楼夹峙的峡谷中小心翼翼地穿行，以免碰伤自己因充满悲伤而苍老的脸颊。那么，是这座城市在自己营造的墓穴中腐烂，腐烂时尸体之水在自己的钢筋骨头间滴落的声音？是人们呕吐时从喉管间滴出污秽之物的声音？我被我这残酷肮脏的感觉弄得胸闷气喘。我的灵魂拼命想从我沉重的躯壳中缓释出来，喷薄出来，吐出心中久抑郁闷的气息。那一股充满酸涩之气味的风就是这时来到我的床头的。风通过我虚掩着的窗户时还浪漫地撩起了我白色的窗纱。白色的窗纱如水一样飘起，昏暗无力的月光和几枚黯淡奇罕的星子趁着窗纱飘

起的那一刻，怀着拯救和爱怜的心情访问了我受到挤压和折磨的灵魂。

我的灵魂因这外力的帮助从噩梦中醒了过来，挣脱并逃逸出了我沉重的躯体。这时我才发现，我的灵魂其实只是一张韧柔的薄纸。起初，这张苍白的纸站在我的躯体之上，还有些大梦初醒时茫然不知所措的感觉；继而便随同这夜里难闻的熏风飞飘起来。我的灵魂曾在这熟悉的房间借宿了十余年。我的灵魂扇动着翅膀，缓缓地与这房间中经年的物什、累积的尘埃依依惜别，似有生离死别的凄然。

我灵魂深处的泪水差不多要涌流出来的时候，我弯腰从窗户飞到了空中。回头的时候，我感到我至今仍难割舍的多情善感和矫情与这喧哗着千百万种欲望和需求的声音，而同时又是一片荒凉的城市是多么的格格不入。

这时，我发现了那水声滴答的源头。一个不知是梦游还是精神错乱者，抑或是自然主义者，站在我楼上的阳台上，对着这个城市撒尿。

天空中飞翔着无数的灵魂。我这薄纸般的灵魂随风飞舞漫游，穿行在城市的夜空中发出窸窸窣窣的声音。我看见许许多多的灵魂在夜空中都像壶中的茶叶被冲上了滚烫的开水，渐渐舒展开来。我们这些悲哀弱小的人，在我们装着笑脸在城市的峡谷间打拼的时候，我们的灵魂被折叠成了一张张像是带进考场作弊的小纸条，小而又小，小得无人可以察觉。

这生命和灵魂萎缩年代中恢复生机的最后机会啊，请多给我一些时间，请允许我自由地放纵我自己！

B. 悲凉的月光下，文字从一页页书上无声地潜逃而去

在这灵魂漫游的夜空中，我虽然每飞行一段就要停下来拍打灵

14

魂上积着的工业粉尘，但我仍然感到在这污染了的城市空中飞翔，比灵魂折叠和压抑在黑暗狭小的躯体中要快乐得多。这是一个被工业和商业弄得伤痕累累、灰尘四起的时代，是人们忘却了青春和生命的意义，同时也忘却了金钱的意义而疯狂拜金的时代。当夜深人静，这些拜金的人们从怀里掏出成叠成捆的钞票趾高气扬地猛烈拍打，把钞票上千万人的唾液和人世的辛酸等无数的细菌散发到这个城市的夜空中。

金钱的奴隶啊，金钱上万恶的细菌正污染腐蚀着金钱占有者和用金钱填充得膨胀起来的城市！

我来到这庞大城市的郊外的时候，我的灵魂也已接近精疲力竭崩溃的边缘。悲凉的月光下，这垃圾之山——城市的坟场令人更加触目惊心。

这是现代商业战争和现代物质文明战争的废墟。在这个散发着腐臭气息的垃圾场上，我飘飞得疲倦了的灵魂竟找不到一处清洁的立脚之地。我寻找了许久，才看见一截红锈斑驳的钢筋从垃圾的悬崖处红杏出墙般露了出来。这截钢筋在夜风中弹拨着月光的丝弦，发出呜呜呜哭泣似的声音。我向着这截钢筋飞了过去，将我的灵魂栖息在它的末梢上，收敛起疲倦的翅膀。这是这座城市最安静的去处了。这座城市最安静的去处竟是垃圾场。然而，这安静的城市坟场中唯一的一次"暴动"却与我不期而遇。

一个废旧的铁皮桶像雨后的竹笋渐渐拱出了无数垃圾的掩埋，轧轧轧的声音显示出铁皮桶冲出掩埋的艰难和痛苦。塑胶纸、宝特瓶、锡箔袋、易拉罐像是吐蕊的花朵从垃圾中翻卷出来。那个铁皮桶从这上涌的旋涡中心翻身滚出，向我奔腾过来，速度越来越快，一路上卷起浓烟般的尘土，像是古代战车向着山下的敌阵狂奔。这个铁皮桶与其他垃圾相碰撞的声音空洞而又巨大，掠过整个城市忘忐不安的梦境。

借着钢筋的弹力，我纵身弹跳起来，躲过了这场劫难。钢筋猛烈弹动时那一声裂锦般"哑"的声音在垃圾场的上空悠久漫长地回旋不息，余音袅袅，绕场三匝，使人心惊肉跳。直到铁皮桶从悬崖处失脚坠落下去，撞到崖下的石头上，钢筋弹动发出的余音才被这巨大的声音打断。

在这空洞巨大的声音中，城市上空无数漫游着的空落的灵魂被击打得扁瘪不堪。终日忙碌的城市人啊，奔波的灵魂与这滚过垃圾场的破铁皮桶是多么的相似。那坠落摔扁的时刻终究会来到！

我的灵魂飘飞到铁皮桶破土而出的地方。在这翻腾开的垃圾中心，一本本硬皮烫金封面的书籍杂乱地叠挤着。我早就知道，这个城市的市民除了街头的广告、招牌，已经放弃了文字。书在民众的家庭中仅仅是一种装饰。我不知道，这些书来自何处，主人是因为何种原因毫不怜惜地把它们遗弃在这里。

我弯腰拿起一本书来，这本书在我的手上吐出了一口长长的叹息。这一声沉重的叹息在我灵魂的感觉中似乎漫长得像一个闰年。我记得我曾经有过与文字为友的历史，至今在百忙的暇隙中仍不时与一些精妙的书籍重温旧情。这一点常被同事和邻居讥为"落伍的恋旧癖"。

我翻开书来，在昏晕的月光中，我发现我手中的书上没有一个字，整本书上都空空如也。我不免有些惊慌失措。在这个不相信神灵的年代，冥冥中的天意好像早已躲到了月亮的背后。所以，当我手捧这无字的书时，我的惊讶和恐慌可想而知。我不断地翻看其余的书，而所有的书都是如此。那些我曾经熟悉、至今仍依稀记得的、像蚂蚁也像蝇头一样的文字在我到来之前已经离开了书页。难道这些书也像我一样，把躯体留在家中，留在床榻上，而任灵魂四处

16

漫游？

悲凉的月光下，此时的城市坟场悄无声息，被这个时代伤害了的文字最终逃逸出书本，无影无踪。

是不是像这些书一样，这个城市中没有灵魂的人们最好的去处就是垃圾场呢？

C. 夜深人静，一株玉米潜入城市寻找自己的祖先之根

仅仅一株，一株像树一样的玉米无声地在街头走着，有时，它也停下脚步，在玻璃峡谷中迷惘地抬头仰望着摩天大楼上繁密白亮的灯光。这时，整个城市已在疯狂、宣泄之后有些疲倦地逐渐滑入梦境。而我，怀着深切的悲伤，扇动我的灵魂之羽在城市的街头四处寻找那些从书页间逃走了的文字，像一个无家可归的流浪儿。

我不知道这株玉米来自哪个遥远的乡间，来自哪一片山林环抱的田野。它碧如绿玉的叶子像海中的海带一样宽大。站在这热带宽叶林般的玉米树下，我闻见了那股久违了的原野的清香。就连这腐败城市中酸涩的风吹过玉米树之后，都变得纯净和清凉起来。

在那从一扇扇大楼的窗户中射出的灯光中，我第一次发现玉米宽大的绿叶的周边上还有着一排防风林般整齐美丽的银色绒边，就像纯洁的乡下姑娘迎着阳光时脸上呈现出的美丽汗毛。当灯光通过在风中拂动的玉米叶的银边，代表城市繁华的灯光竟有了从前蓝色夜空中星光闪烁的梦幻诗意。

这是一株怀抱着孩子的玉米树呢。玉米树上结着五个饱满的玉米，绿色的襁褓把这些嫩嫩的玉米裹得严严实实、整整齐齐。这些玉米都长着像流苏一样漂亮的、长长的红色头发。我用手轻轻地抚摸着它们的头发，心中清香缭绕，久埋的怀乡的感情弥漫开来。我终于知道，我死活不知地生存在这座城市中灵魂不安的疾病根源，

17

原来就是因为我背离了绿叶，背叛了乡村，背离了原野。

我久久地与这株独自潜入城市之夜中的玉米携手漫步街头。玉米树梢上的花飘落在安全岛、斑马线和街心中，它的清纯之香感染了我们城市污浊的空气。当我们分手的时候，我才知道这株玉米拜访这座城市的初衷。它喃喃地，像是问我，又像是自言自语地说："哪里是我祖先生根的地方呢？那条溪流和那片山林哪儿去了呢？"

哦，绿叶的玉米，城市侵占了你们的家园。现在，这座城市只生长高大的楼房和水泥的街道。在这座不夜的都市中再也找不到一片你们生长的土地了。

D. 最后，讲一个与"围城"无关的故事

和玉米分手之后，在黎明前最黑暗的时候，我如纸一般飘忽的灵魂在一个大街的拐角处，不小心被一股酸腐中带着腥臭的风吹进了一条神秘的街道。这条街道中空无一人，两侧坚固的水泥墙高不可攀，其高度几乎和天空的高度一样；没有一棵树，我除了有时在肮脏的地上坐下来休息一下我疲倦的灵魂外，找不到一根栖息的枝丫；有时，我的灵魂在飘忽中与街边高高的水泥墙接触时，我感到这高墙就像一堵冰墙一样砭人肌骨，使我的整个灵魂忍不住一颤。

多么漫长的街道啊！不管我飞到什么高度，我都看不见这条街道的尽头。而且我回头的时候，连我来时的路口也看不见了。

当我再一次停止飘飞，在街道边坐下来喘气的时候，我听见我身旁的墙后突然有声音传出。那是一种撕拼打斗，不断地在墙上碰撞的声音。惨烈的号叫使人禁不住心中一阵阵发紧。

我转过身去，专注地盯着厚墙。我想，我灵魂的眼睛是能够看穿任何物体的。渐渐地，这沉重的厚墙在我的眼前透明起来。透过这厚墙，我看见一个人在一间没有一丝光亮的屋子中正和自己搏斗。

他或疯狂地撕扯捶打自残着自己，或困兽般走来走去，或把自己的头颅拼命地撞在墙上，撞出沉闷的声音。他的全身都伤痕累累，就连心灵都布满了被哀伤和无望电击出的瘢印。

虽然我也是一个孤苦伶仃的人，但我隔着厚墙，仍然对他说："朋友，你有什么需要我帮助的吗?"

他听见我友善的问询，停止了他来回不停的走动和对自己头发的撕扯，扑了过来，和我隔墙相视。我看见他的眼睛在最初的一刻闪现出的惊喜的光亮，但转瞬，这种像生命一样充满激情的火花就黯淡下来了。接着，他便低声地向我讲述了他的故事。

在年轻的时候，我受这座繁华之城的引诱，抛弃了我现在已经无法回忆起来的故乡，来到了城中。在这城市的大门口，一个告示说：请把你过去的东西留在门外，这座城市为你准备了一间屋子。这间屋中有一盏太阳般的灯。只要你找到开关，把开关打开，这屋中的灯就会映照你所有的未来。在这盏灯的照耀下，你的未来应有尽有，你的人生尽可以随心所欲。

在这漆黑得没有一丝光亮的屋中，我没有手电，没有蜡烛，甚至于连一根火柴都没有。没有一缕微光，我就找不到开关；找不到开关，我就无法打开灯；打不开灯，我就没有光明；没有光明，我就找不到开关；找不到开关，我就无法打开灯……我别无选择，更无法改变。我只有向上帝求助祷告。而上帝死了，或者说上帝是一个聋子。对于我，这座城市没有耳朵。而现在，我则只有怒吼!

我听见了他最后的怒吼。他这最后的、笼中狮子般的怒吼像一场飓风袭卷了整个城市麻醉后的兴奋和快乐。但飓风过后，一脸困倦的太阳照样升起在城市灰蒙蒙的天空中。

夜　　读

春天开始的时候，有一本读着不困的书，有一杯喝着不苦的酒，这夜便短了。

都是些古老的字词，古老的名字。我喜欢这些发黄的书、发黄的纸、发黄的风情。我读他们，和他们说话，和他们交换心得。我固执地认为，大师们只肯在夜里游走人间，来到人的心中。

我说的是《唐诗三百首》。这本书每天都在我伸手可及的地方。

我坐在书桌前，身体舒服地伸展成恰当应该的样子。风从没有窗帘的窗缝中挤进来，在这遥远的场景和时间中变得蹑手蹑足。我总是读两页，就关了灯，停下来，一遍又一遍。这时，书在桌上反扣着，书页在风中不时地掀动一下，像是那种衰弱的蝴蝶的挣扎。

漆黑之中，酒杯中没有夜色，也没有星光。钟声没有响起来，山水迢遥，一艘斑驳的木船总是凝在寒江的冰雪之中，碰不起一丝水声和半点儿浪花。多深的夜啊！我恍惚得像一团树梢上的白云。

我听见了木门斗那一声似乎是醒来的哈欠。门在我的身后斜开。是风吹开了门，还是千年前夜归的手如此儒雅地推敲？

我来到屋外，在水边停住，两只手在裤兜中沁出冰凉的汗水。清冷的池塘，枯荷飒飒，地上的叶子像情人分离那样时走时停地走远。那一丛矮小的桂树披着夜，披着叶冠的裂裳。谁也没有归来，谁也没有离去。寂寞宁静的夜和风中，一首寒瘦的诗骑在驴的背上。驴踩着平平仄仄的节奏，踏着流经千年的韵足横空走过，那声音和身影同黑色的夜空混为一体。我不能分辨，所以我说，谁也没有归来，谁也没有离去。但我又深信，那蹀躞的蹄声在空荡荡的心灵中沉郁而又茫远。

是那个叫贾岛的人。我和朋友们现在叫他"诗的苦行僧"。

都是因为书，因为酒，因为风，因为一场梦境。树上看不见的栖鸟叫出声来，那声音像婴儿的啼哭，从惊悸的梦游开始，到回家的路结束。

未别的门闩和负言的幽期就这么充满嘲讽地对仗成联。灯再次亮起来的时候，我身上的夜露和三百首一起淅沥如雨，把我夜读的屋子弄得潮湿起来。

时间空屋

1

接到朋友太木的来信，是在一个初夏的午后。他要我从没有地气的城市中到他那里去住上十天半月。他说，山里的这个季节是一年中最美丽的季节，每天，都有一队白如秋天云朵的天鹅从他家门前不远的河中飞过。早晨逆流飞去，傍晚又顺流飞回，飞回下游它们的家。这些天鹅和他一起等待着我的到来。

我没有理由拒绝太木的邀请，太木在信中所描述的、他家乡伊甸园般的风景对我这个每天在城市中生活得死活不知的人来说，确实是一个无法抵挡的诱惑。

我收拾好我简单的行装，就向着太木身边那些在初夏的日子里的锦绣山川进发了。

我推开太木家木栅栏的院门，站在宽大的院子中，向着楼上大声地喊："太木，太木，我来了！"

太木并没有像我在路上想象的那样，飞一般从吱吱咔咔的楼梯上应声跑下来迎接我。我知道，太木孤身一人，他的理想就是像梭罗在瓦尔登湖畔那样，和伟大的自然厮守在一起享受人生，在毫无车马之喧的山里独自思考和写作。如果他不在家，那么我就只好在等待中"自食其力"了。我曾经在一个暮秋的季节在太木这座由木头和竹子装配起来的小楼上住过十来天，我知道太木的米缸在什么地方。

2

鸟的叫声把我从梦中唤醒了。这时候，东方的天际刚刚闪射出第一束霞光，山峦和河川还笼罩在淡如轻纱的晨雾中。我起来，推开窗户，在红色的朝暾中，各种各样的鸟儿在天空中飞翔。那些像宝石一样晶莹闪亮的各种颜色的眼睛，使我想起秋夜天空中闪烁的繁星和夏夜中飞翔的萤火虫。

我想知道现在是早晨几点，我回到床边，从枕头下摸出我总是随身带着的老掉牙的瑞士怀表。我一直很喜欢这只走时仍然很准的怀表，它古老沧桑的样子常常使我想起我幻想中的时间老人，它把时间均匀地分配给我，然后又悄悄拿走。对于怀表而言，时间没有向度，而我则像一枚河流中的落叶，不由自主地被时间推拥着奔向未知的未来。那些我途经的风景再也无法重现，因为人根本无法回到过去的时间。

在城市里，在我那些因酒精的刺激而混沌的梦魇中，它在我的枕下走动，我曾把这时间的足音想象成雨滴从乡居的瓦檐边失脚跌到地上的声音，或者是一株粗壮的麦苗在春天的田野上拔节的声音。这只苍老的怀表给了我许多温情的安慰。

然而，这只忠于职守的怀表却在我需要知道时间的时候停了下来。我把怀表紧紧地捏在手心，感到我一下子被一只无形的手悬置了。那些从我的心灵间流走了的时间，在我此刻的记忆中像是梦境，

23

我不仅找不到证明我过去岁月的证据，我甚至找不到证明我年龄的证据。

在时间之外，我该用什么样的虚构来填补我心灵的真空？

我重新读了一遍那个叫太木的人在书桌上给我留下的纸条，他说，他有事，需要外出几天，如果我来到，请等待他的归来。但他却没有署下时间。我走到窗前，我想只有太木的归来，我才能从这被时间悬置的状态中被重新放到地上。但愿这个叫太木的人能够证明时间在我身上留下的印痕。

8

鸟儿的鸣叫在天空中飞翔，不知疲倦，快乐而又婉转。窗户边爬满翠绿的葛藤，在晨风中，小小的叶子摇动，发出相互碰撞、摩擦的飒飒声。山川间的雾缕漫卷飘动，窗外的景致变幻着影影绰绰的面貌。窗下是安静的院子，院中有一根桃树，正盛开着似锦的花朵。我甚至能听见它们开放时，那轻如婴儿翕息般的声音。

初夏清凉的晨风如那透明的水漫过安静的院子，漫过我这个在窗口等待和守望者的心中，犹如小猫在雪地走过，无声无息。

我看见一个人沿着在晨光中闪闪烁烁的青色鹅卵石铺成的小道，向我身居的小楼走来。看起来，他像是一个漫游了一夜的夜行者，他的头发和身上的衣裳都被夜露打湿了。他站在院子的门前，他头上湿漉漉的头发上晃动着早晨逐渐明亮起来的光泽。我以为是那个叫太木的主人回来了，我把我的身体努力向窗外伸着，高声喊："太木，太木。"

来人抬起了头，望着我，微笑着说："我不是太木。"

"那你是谁呢？"我问他。

24

"我是你呀！你连你自己你都不认识了吗？"他答道。

真的是我吗？是我远游来到这早晨的庭院吗？是我穿过这初夏的夜来到这个太木住的小楼的前面吗？

我看见院子的木栅门不经意地在我的面前斜开着。我顺手把木栅门开得更大些，走进了院子，我看见那些在昨天的夜里和我一起流浪的云雾在我之前已到达院中。它们蜷着小小的身体，在院中的一朵朵灼灼其华的桃花上安恬地睡着，睡成一粒粒晶亮的露珠。

窗户洞开着，却没有那个问我是谁的人。白色的窗纱在晨风中起伏，就像一缕被绳索拴住了一端的雾缕。

在我抬头寻找那个在窗口问我是谁的人的时候，一粒桃花上安睡的露珠醒来了，我凝视着这个好像在伸懒腰的露珠，对它逐渐长大的身体感到万分的惊讶。转眼之间，这粒小小的露珠就变得像气球一样硕大饱满起来。这硕大的露珠就悬在院子中，悬在晨光之中，悬在我的眼前。露珠之中，一片小小的桃花花瓣徐徐地旋转着，无声无息。这形同太阳的花瓣向所有的方向闪射着凉意沁人的光芒。那些刚才还在天空中飞翔鸣唱晨曲的鸟儿被从露珠中闪射出来的光芒惊得四散了。

4

露珠中，一条流水清澈的河蜿蜒东去。河的两岸盛开着一穗穗白色和紫红的芦花。许多峨冠博带的人手握发黄的书卷在河边悠然地走来走去。他们飘飘的衣袂在风中发出檀香隐隐的气味和丝绸在风中挣扎时的声音。他们抑扬顿挫地念着一些美丽的诗词。在他们面向东方的吟咏中，他们的眼睛中是一片桃花绯红的花瓣，这花瓣

25

像是一滴水红的颜料落在了一张宣纸上，正慢慢地洇漫开来，天地之间逐渐被这种奇异的红色天光所映照和覆盖了。

这时候，一队羽如白雪的天鹅从上游飞来。这些天鹅飞得很低，在它们翅膀扇起的风中，河两岸的芦花一阵摇曳。吟哦诗词的人们停下了他们杂乱的声音。天鹅从他们的眼前飞过，然后远去。一片白羽从河的上空飘飘扬扬地落下来。在河上，这片羽毛无声地顺流而下，转眼之间它轻盈的身影就消失在了他们的视线中。

他们回过头来，继续他们形同游戏一样的临风的吟唱，或者坐在河边的草地上，听着河中的水声，三五人在一起推杯换盏。

在我发现我丢失了我的主人的那一刻，我头上的汗水都下来了。我在这些吟诗和喝酒的人群中至少寻找了三遍，仔细地核对了每一张脸，我却仍然一无所获。我的主人和我不辞而别，留下我这个粗心的书童守着他的两木箱书急得流下了泪水。在那一会儿，我感到我的一生将在异乡度过，将在寻找中度过。我将在所有城郭和乡村中漫游，我的目光将在和我相遇的每张脸上停留，辨识我记忆中的那张脸。这几乎是一个无法实现的愿望。我知道，就像我的主人每天面对一面闪光的铜镜都要拔去自己头上的白发一样，一张过去或者现在的脸也会在时光之镜的映照下被迫丢掉曾经的容颜。那么，即使我能在将来的时间中有幸和我的主人相遇，我寻找到的是我现在的主人么？是现在的主人的脸么？见着将来的主人的脸，我会认出他是我的主人么？

即使我满腹疑问，作为一个忠实的仆童，我仍然没有放弃我的寻找，直到有一天，我在北方的燕山脚下，在一座古老的楼台上，我听过一个面容清癯、身材瘦峻的人涕泗横流地仰天吟唱之后，才放弃了我漫游般的寻找。这个一口蜀地口音的人吟唱道：

前不见古人

后不见来者

念天地之悠悠

独怆然而涕下

5

其实，我根本不用拿起太木桌上的这册《陈子昂集》，就能顺口吟哦这首《登幽州台歌》。即使陈子昂真的"前不见古人，后不见来者"，但仍然有一个"此时"在，也就是说，他仍然处于时间的一个点上。这个时间的点，使得陈子昂唱出了他的千古绝唱，唱出了他高蹈、豪劲、悲壮的胸怀。陈子昂不是被时间放逐的，而是被政治、权力放逐的。于是，他伟大的孤独感才充满了征服人心的力量。

我从书架上抽出《庄子》这本书来，翻到《齐物论》，我看到了如下的叙述：

昔者庄周梦为蝴蝶，栩栩然蝴蝶也；自喻适志与，不知周也；俄然觉，则蘧蘧然周也。

此时的庄周被时间放逐悬置了，他不知自己身处在梦幻之中还是现实之中，他不知道自己是蝴蝶还是庄周。他处于时间之外，这是被时间悬置的人的显著特征。

我不知道"太木"是谁，我不知道我为什么要来到这里，又是怎样来到这间这个名叫太木的人为我设置的时间空屋的。如果我使用我的想象力走出这个小楼，我就能挣脱时间对我的放逐吗？不，不能！在时间之外，人根本无法证明一切，这和一个人抓住自己的头发想离开地球一样不可能。就是现在，我都无法证明我在太木的窗前，在这个早晨，是否有过刚才的讲述。或者说，我刚才告诉你们的是一个梦境呢，还是确实发生过？除此之外，还有一个我根本无法回答、你们也不可能知道的问题：两个我中哪一个是梦境，哪一个是真实的？或者说，都是梦境？都是真实的？

我看见太木书桌上一个青花的花瓶中插着一束新鲜的芦花，甚至芦花上还带着露珠。这是谁带进这间屋子的呢？是谁插进这桌上的花瓶的呢？"我思故我在"，我思考这个问题的时候，我知道我的存在，但我却不知道我是谁，也无法回答这个问题。因为我没有时间的坐标，没有准确或者相对准确的时间作为事件的参照系。

窗外是开花的桃树，院子中是像"叙述的冒险"一样充满魔幻魅力一样的交叉小径。院子外是那条每天都有白色的天鹅飞来飞去的河，河上不断涌起又不断流逝的水波上跳跃闪烁着粼粼的光斑。岸上有鸟飞起或者停栖的绿树，芦花开着，在风中随风摇曳。在早晨的阳光中，逆光看去，白色的芦花就像一束束跳跃着的火苗。一只白色的马在岸上走着，它的蹄铁在河堤间的鹅卵石上不时发出碰撞的清脆响声。雾缕已经散尽了，白色马的背影在我的眼前渐渐远去。

这时候，我听见了竹笛和排箫的声音悠悠地传来。我听出来了，这是一首著名的古乐，名叫《古怨》。

在乐曲声中，我决定走下楼去，去寻找吹奏这些乐曲的人们。

6

在河边，我停下了我的脚步。即使我走遍这里所有的地方，我可能都寻找不到这些吹奏古曲的乐手。也许这声音来自我的心灵，来自曾经的、现在我无法证明的时间给予我的烙印。一个在梦中的人可以听见在物理意义上根本不存在的声音，一个在时间之外的人也具有相同的可能性，这就是那种叫作"幻觉"的东西。事实上，梦中的人就是被时间悬置的人。但大多数在梦中的人醒来之后，都可以找到证明时间的证据，这些有力的证据帮助他们回到时间之中，回到现实之中。所以，他们梦中的恐惧或者欢乐在梦醒之后，会得到时间的否定。时间在这里会打碎他们的梦幻。

我是被时间悬置的人，我本身无法证明时间在我身上是如何流逝的，但我发觉我可以发现时间在我之外的那些印记。

河边有一座看起来像是一座古老庙宇的废墟，有一座残存的塔高高耸立在那片残垣断壁中，长满了狗尾草。塔的四周挂着风铃，风吹过它们，它们就发出叮叮当当的声音。鸟大约是没有记忆的族类，这些对它们而言不可能有什么伤害的风铃每当响起的时候，它们仍然会惊吓得飞离古塔，不解地在古塔的周围盘旋；当风铃停止不动，它们又会迟迟疑疑地在古塔上停栖下来。

而我身边的石头却纹丝不动。风在河面上走过，步履轻轻，犹如时间的手无声地擦拭水的尘埃和鱼们的禅心。

如果说禅的秘密之一在于对时间某种顿时的领悟，即所谓"万古长空，一朝风月"，瞬间即永恒的话，禅不是被时间悬置的迷宫，而是习禅者努力在自己的内心使其时间停止的本体感性。

曾经富丽堂皇的庙宇坍圮了，其实在它一步步走向辉煌的时候，时间已经给它设计好了它的结局——残破的废墟，一片荒凉和孤寂。

作为单个蛋白体的单个的人可以被时间悬置，但世界却无法居于时间的统领之外，时间的信使把时间和世界联系起来，那些来自大地和天空的时间之神必须通过它统领的世界，通过更多的人的心灵和身体来展现时间风情万种的风采。

7

最后，我当然回到了时间之中，太木归来了。当太木站在他的楼下喊出我的名字，无边的时间就像水、就像空气把我淹没起来。而这时，我要想逃逸出时间的统领就像我在此时之前妄想回到时间中一样不可能。因为一个无法找到时间的参照的单个的思维导致了时间的悬置，而时间的悬置又把一个个体的生命还原成为一个抽象的存在。一旦这个悬置状态被外力打破，悬置便不存在了。

我又回到了城市，在城市之中，我写下这篇《时间空屋》。我的朋友读它的时候，他说，他使自己努力沉没于《时间空屋》的叙述中，忘记了他周围具体的时间和环境。这时候，他被物理之外的另一张时间表包围了。阅读时只需要十多分钟，而他的主观感觉却似乎有十来天，在这十多分钟的时间中，他置换了《时间空屋》中的我，所以他便有了那种短暂的不知今夕何夕的被时间悬置的感觉。

生命需要平静

　　春天里，我常常一个人沿着河流散步，走得很远很远，直到看不见自己所住的那片楼区，我才往回走。在河边，我走走停停，有时坐在河堤上，有时靠在树上，或者悠然地行走。抽出嫩芽的树在水中投下清晰的影子。那些只知道飞翔而很少鸣叫的鸟儿在河流之上扇动着春天的阳光。鸟儿们一会儿顺流飞翔，一会儿逆流飞翔，矫健的影子也就在波光粼粼的水面上闪来闪去。我不知道许许多多的鸟儿为什么那么喜欢水，亲近水。也许是水流的清静给了鸟儿安全感，它们才在这平静的居所安下家园。

　　春天的水流是那么安静平和，几乎是无言无语地把冬天的残枝败叶漂向没有尽头的远处。水中树的倒影一动不动，使飞累的鸟常常错误地认为这是它们歇脚的地方。只有当鸟儿的翅膀把如镜的水面拍起了细密的波纹，它们才知道这是一个误会。我和鸟儿们一起看见水底那些细细的沙粒和圆圆的石头，那些在水中游动的鱼群。我和鸟一样不知道在这平静的水面之下有多少坚硬和柔软的生命，有多少人影和树影曾在或将在我此时、鸟此时俯视的水面映照。我看不见它们，我看见的只是现在。我为我的渺小和无能悲哀。虽然时间和水流一样无声无息，它们却记下了一切。而千方百计要表达，千方百计表达的人类，那无数喜欢喧嚣的嘴巴到底说了些什么。当我们无可奈何地闭上嘴巴的时候，我们仍然一无所知。

　　除了水，我还见过那更加平静的东西。那是冬天刚刚来临的早晨，我在田野中匆匆行走，身后是那长着钢铁的骨头和翅膀、长着水泥的根的城市。我觉得我已经走了很远，回头的时候，巨大的城市仍在那里矗立着，高大的烟管粗野地指向天空，吐着黑色的烟流。我仿佛又听见了那永不停息的汽车喇叭声和那永远也无法分辨出什么东西发出的交响嘈杂。我就在这座城市中生活了十多年，几乎每天我都必须在这座城市的人河中穿行，走进那座灰色的楼中（最近它被贴上了白色的瓷砖，使它的外观看上去好看了些），走进永远没有季节、没有风景变幻的办公室中，和一张张无情呆板或者热情生动的脸打交道。

　　我听见鸽子的哨音在我的头上响起，我抬起了头，我看见了月亮。初冬早晨的月亮熬过了夜霜冰凉的抚摸之后，仍然在西边的天际悬挂不落。它在树梢之间，它在清澈的水中平静安坐，那么苍白无光，像一张透明的白纸，薄如蝉翼，却照彻了人类所有的沧桑。仰望着无声而又形影淡泊的月亮，我不禁因羞愧而汗颜。它那无影无形的光泽把我寻求平静而又难脱浮躁的身心洞照得透明起来。

　　而当我想到这些的时候，那些只会咕咕地聒噪、被城市的孩子误认为是鸟的鸽子都早已消失得无影无踪了。

　　深入平静，我看见不倦的流水来了又去，永不衰竭。流水不仅使我们生存，而且不动声色地改变我们生命的形态，让那些坚硬的东西变得柔软起来。而月亮，早晨的月亮，敛尽耀眼的光芒，犹如智者和大师，只是一张无言无语的白纸，安详而平和。在月亮的映照之下，我们妄想的那顶桂冠只不过是小丑的帽子，让上帝发笑。

生命需要平静，需要卸去重妆之后穿过那空旷无人的剧场，让自己的心灵被时空悬置起来，接受平静中产生的思想和智慧的烛照。

＊＊＊＊＊＊＊＊＊＊＊＊＊＊＊＊＊

第二辑　逝水流年

＊＊＊＊＊＊＊＊＊＊＊＊＊＊＊＊＊

初雪之夜

初雪来临的时候，大约是凌晨四点多。风呼呼地吹，不像是慵懒的哈欠；窗户和门惊醒来，把关节弄得吱吱咔咔地响——老大不情愿的懒腰。今冬的第一场雪就这么来了，起初我还不知道，以为仍是前几天夜里的风：只听北风响，不见雪下来。

从天而降的雪花的手掌一下一下地拍打我的窗棂。这些六角形的精灵、六角形的鸟、六角形的翅膀把这黎明前的黑夜照得朦胧地亮了。我再也不能睡去，就坐在床上，拥衾读书，但每一声风的呼啸都引我转头看看窗外，不能专心。书是人类精神的寓所，雪花却没有窝巢，漫天的雪花四处流浪，找不到家。

在故乡成都平原，一年中差不多也要下一两场雪，但雪只在空中才能看见。成都平原地气太热，雪一落地就化成了水，没有了雪的身影。我家院中有两株蜡梅，黄的花朵把冬天的空气浸润得冷香袅袅。在我的记忆中，似乎我家院中的梅花总是在初雪来临时才开得最为舒展。

这是一幅水墨一样的画。蜡梅花在雪中大大地张开嘴唇，雪斜斜地疾落着，斑斑点点，在花的蕊间轻轻地收敛起翅膀。过年的红红的灯笼在廊檐下迎风而摇，像是画角上朱红的印章。雪停了，雪霁后的天空碧澄如洗，金色的阳光射出云层，梅上的雪化了，初雪之水像粒粒珍珠顺着梅花青色中布满黑伤的枝干滚下。这情景，让画家和诗人感到，梅花和雪的额头正缓缓趋近自己的脸颊。

我喜欢初雪，因为她的身体纯洁得像秋天的芦花一样白。我也喜欢蜡梅，她那柠檬黄的花朵是那么的安恬，不躁不喧，透着冰清玉洁般冷冽的美。而红梅却不那么令我喜欢，尤其是在初雪中，红梅开得太如火如荼的热闹了，实在是喧宾夺主。

只有初雪降临的时候，母亲才让姐姐剪三两枝盛开的蜡梅插到她的花瓶中。而瓶中的水则是母亲自己或她命令我们用瓦盆接来的初雪融化的。母亲说，用初雪化的水插梅，梅花久开不败。这个说法大约没有什么道理和根据，只是母亲不是"秘方"的祖传罢了。

母亲的卧房小而昏暗，尤其是冬天，更是不见阳光。母亲嫁给父亲的时候，外公家似乎还没有十分破落，所以嫁妆中就有一些颇"富贵"的东西，譬如雕花涂金的大花床之类，至今这大花床仍一如既往地摆在母亲的屋中，而那屋却是已换了又换的。

母亲陪嫁的花瓶是一个长颈大肚的朱砂瓶，大多时候都因为被人遗忘就张着空空的口默然地在幽暗中闪着忧郁的光泽。而在冬天，第一场雪降下的时候，这空落寂寞的花瓶一变成为全家人注目的所在。母亲把雪水倒在瓶中，水和瓶底、水和水碰撞的声音在瓶中回荡，然后从瓶口中传出来，是那么令阴暗的时光中的人心动。三两枝蜡梅插在其中，隐隐的暗香在有着淡淡霉味的屋中无声地浮动，像烟缕或者云团升起在草屋之下、经年的旧的物什之上。

走进母亲的屋中，我的目光首先就投向梅花和花瓶，常常我们姊妹兄弟五六人就围在梅花和花瓶的周围，猛劲地吸溜鼻子，但谁也不敢伸手去碰那花瓣。在那困顿的年月，这初雪后的梅花是我们全家难得的一抹可欣喜的亮色、可怀念的欢乐。

母亲的花瓶之后是一副宽尺余、高二尺的梳妆镜。这镜子也是母亲的嫁妆。镜子的木框漆着红漆，上方画着一个戴方形帽的老者，在竹林的溪边，长衫、拄杖，梳妆镜两侧写着金字"明月松间照，清泉石上流"，后来我才知道这是唐朝王摩诘的诗句，那漂亮的字体叫"行书"。即使现在看来，这对联写在梳妆镜的两侧，虽有一些不伦不类，但还不算太俗，很有些"朦胧"的意味。在无数的文学典籍中，能找到许许多多把明月和清泉比喻成镜的例子。

这个镜子母亲用了差不多四十年，前些年才扔掉。镜后的水银、框上的红漆、漆上的金字都被悠悠岁月剥落得斑斑驳驳的，镜面也早已模糊不清了，母亲下了好大的决心，才割了这"爱"。在这模糊的镜中，朱砂花瓶像一个古老的故事一样悠远。在这时间的深处，雪融化的声音正在屋檐上滴下来，滴答……滴答……像是古老岁月的钟漏。

在这镜前，母亲的背逐渐弯驼了，而头发却似乎是不经意来临的初雪，在某一时间中，突然就把漆黑的夜染得白亮起来。这个发现连记录母亲人生的镜子都猝不及防。而我，远在几千里之外的母亲的儿子，在初雪的北方之夜中，差不多不能分辨窗外的雪是母亲的白发，还是母亲的白发是窗外的雪了。

昨日旧事

　　她青春俏丽的明亮容颜在我的心中淡漠了十年之后，重又梦幻般缠绕住了我。我现在的年龄正是十年前她的年龄。那年，我十四岁，她二十四岁。而她却再也不能从那扇小阁楼的窗户中伸出头对我喊："×，上来！"

　　十四岁那年，我离开县城去了外地。她死于车祸的消息是今年春节我回乡的时候才知道的。她已经死了两年了。她是我姐姐的同学，在我小的时候她总是和姐姐在一起。

　　我离开故乡的这座县城已经十年，在离开这座城镇的最初两三年中，我总是怀着害怕和渴望的心情来思念留着我少年情怀的故城。但时间无法抗拒，在逐渐拉长的岁月中，这座县城便日渐淡漠。想到自己回到旧地两三天了，居然一次也没有想到她，我不免有些负疚的感觉。我把姐姐的一摞影集抱到临窗的书桌上，站在那里一本本地翻看。那些十年前我和姐姐、和父母在一起的发黄的照片，一张张飘过我记忆深处的眼睛。这些照片的天空中，无一例外地飘浮着怅然若失的云絮。

　　她的照片就在这时从影集中滑了下来，像一张薄薄的瓦片从水面沉到水下，那样子给人一种醉酒的人赶路欲速不达、忽走忽停的感觉。

这时候，夏天的初潮涨红了天空，窗外的那株紫荆在开得繁盛似锦之后，经过迫不得已的选择，便做出一副自然而又无所谓的样子离开了枝头。我想，这照片和窗外的花、和秋天的叶子一样，虽然没有摔坏一根骨头，但一个忧世伤生的人却会从中听到那无声的叹息。

在我弯腰拾起照片之前，我还不知道这是她的照片。从地上把照片捡起来，拿到那束四方的、透过屋顶玻璃瓦的柱形阳光中看，我一眼就认出了照片上的人是她。

她推着一辆花车，花车的轮子闪闪发亮，早晨九十点钟的太阳在闪亮的轮子上跳跃闪烁不定。花车的车身由木头拼成，一律漆成朱红的，一格一格，一阶一阶的。车上有盆栽的花，也有插瓶的花，可谓花团锦簇、争奇斗艳，有杜鹃，有牡丹，有迎春花、太阳花、矢车菊，甚至还有郁金香和紫罗兰。

她的脸上散发出花的芬芳，齐肩的头发微微向身后飘着，镀着一层金色的光边。那一缕向后飘起的发丝甚至被阳光照得透明起来。照片上的她散发着一个成熟妇女自然迷人的魅力，安静、柔和中又透着干练。

屋中的陈年旧事，屋中的潮湿，屋中时间积留下来的灰尘，以及曾经在这个屋子中留下来的人的、物的气息和它们身体的屑皮在屋顶透射下来的光柱中极其缓慢地扭曲、交糅、升腾着。我紧紧地站在光柱旁边，我感到我身体中的某个部位和心灵中埋藏的记忆被这光柱中溢出的物质灼烧，发出"咝咝"的声音。我手中照片明亮光滑的胶膜把光柱中的部分阳光反射到了屋中的别处。哪怕光柱中的照片有小小的晃动，它反射的阳光都会夸张地在房间中扫来扫去。看上去就像一根方形的大光柱上又向上斜长了一根喜欢在风中胡乱挥动的枝丫。

中午吃饭的时候，我向姐姐问起了她，姐姐说，她已经死了，被车撞死的。

窗外的景色和逐渐开始喧闹起来的市声依稀地走进了我的梦中，在我接近那个临街的小阁楼的窗户时，那一张脸在熹微的晨光中摇摇晃晃地出现了。但此时我的大脑中却出现了"梦"这个字眼，所以我矛盾地抗拒了几分钟后，还是睁开了双眼。这时候，春天早晨的阳光正像一颗饱蘸硕大的红墨落在了一张薄薄的宣纸上，铺展、弥漫、洇濡过来。屋外紫荆上的最后几簇花，在湿润的晨光和风中散发出淡淡的清香。姐姐已经从街上的集市上回来了，坐在街沿上的小矮凳上剥笋。离姐姐不远的院子里有一盆白丁香。白丁香的花和叶上似乎还挂着晶莹的露珠。我想起那个临街阁楼的窗口，其实那摇摇晃晃的并不是她的脸，而是挂在窗口的一盆白丁香在早晨的阳光中迎风摇曳。在虚幻的梦境中，那两枚翠绿的叶子看起来很像她细长妩媚的眼睛。

我是在日近黄昏时去寻找那座阁楼的。从姐姐家到那座阁楼其实只隔着三四条街，我却感到似乎走了极其漫长的时间和道路，路上的经历因时间的湮没变成了空洞的记忆。我站在街的对面，阁楼在夕阳中把影子渐渐伸到了我的脚下，然后爬向我瘦弱的双肩。这阴影的触摸像静无声息的小猫爪子，给我一种幽凉的感觉。

窗口上并没有什么白丁香，只是挑着一件小女孩的方格子的背带裙。窗户和窗户四周的木板呈现出弯曲如河流、如山间梯田的木纹。朱红的漆已经斑驳得面目全非了。那洞开的、屋内无人走动的窗户变得越来越黑暗。我走到楼下的院门前，静静地站立了一会儿，这才举起手来叩响了木头门扉。

"门没别住，快上来，×。"我似乎听见她从阁楼的窗户中探出头来，对楼下的我说。我小小的身体一闪就进了院子，身后的黄书包在我上楼梯的时候就像一只笨拙的鸟不断地飞起落下，拍打着我十一岁的屁股。那时候的我几乎每天都要到这座阁楼来找我姐姐和她。

这院子好像没有人住似的，安静无比。我的手稍微一用力，院子门就发出了一声惊讶的叫唤。这一声突然的叫唤使我自己也感到讶异。我站在推开了的院门前，一时间竟不知道是该进还是该退。是那把被岁月浸染磨蚀得深红的竹椅使我最后下定决心走进院子的。这时候我的心中突然被春天的夕阳照亮了，院中的花圃夹杂着杂乱的野草，那些盛开的花朵的芳香仍然无法掩盖它们脚下衰落腐烂的气息。这个新生和衰落相杂糅的味道给人的嗅觉一种奇怪的刺激。

十一岁那年夏天的一个下午，我坐在街沿上无聊地翻看那本毫无趣味可言的连环画，她在院子中弯腰洗头。

"×，快把桶里的水舀一瓢来，香皂水流到我的眼睛里了。"她弯着腰，闭着眼睛，在院中喊我。

我把连环画扔在小板凳上，跑过去，从她身旁的木桶中舀了一瓢水，淋到她的头上。水流顺着她的头发奔流而下，她头上的白色泡沫在水的冲击下溃不成军，噼里啪啦地破灭流失了。她揉搓乱了的头发又复归黑缎般平直的样子，像一道瀑布垂落着，遮住了她的脸。发梢的水还在不断地凝聚成气泡或者水珠，然后滴滴答答地滴到她面前的盆子中。这些不断形成的气泡和水珠在初夏的夕阳中就像一串串闪闪烁烁的璎珞。

我就是在这时看见她的乳房的。她因为还未清洗干净刺激眼睛的香皂水，不得不仍然眯着眼，不得不仍然弯着腰。弯着腰的她的衬衣离开了她的前胸，向下垂着，站在旁边的我从她的肩侧看下去，一眼就看见她两个丰满结实的乳房和乳房上两颗像野草莓一样红色的乳头。我无力躲避这突然出现的景象，木头一样站在那里，痴呆的目光似乎经历了一个漫长的闰年，嗓子紧张，说不出话，没有喉结的喉咙整整响了三次。

"再舀水呀，×……"

"再舀水呀，×……"

她的声音在我听来是那样的遥远和微弱，直到我手中的木瓢掉下来，砸在她的头上，她疼得叫起来，直起了腰，我才从晕眩中醒悟过来。手忙脚乱的我捡起地上的木瓢，以百倍的细心和认真重新帮助她冲洗头发，这才使生气的她饶了弹我额头的惩罚。洗完头发的她用手指狠狠地戳了一下我的额头，喜怒交加地说："你怎么这么笨手笨脚的！"我的脸一下就红了。

那天，我来到那个十字街头。头天晚上下过雨，街两边的梧桐树叶子新鲜碧绿如洗，有些叶尖上还挂着水珠，金色的阳光在水珠中转动，毛茸茸白色的叶边也被阳光染成了金色，逆光的叶子透明得几乎可以让我看见叶后的天空。

我看着街上流动着的人群，大脑中一片空空荡荡。那些天，在我近似梦游的寻找回忆中，她的容颜和身影时隐时现。有时，走在街上，我偶尔一回头，似乎就会看见她也在回眸看我。当我定睛细看时，她却已经在人群中消失了。拥挤的街道看上去漫长而又曲折，直指天边。

我和姐姐曾经在街上遇见过她的丈夫和女儿。我想伸出手去和他握手，他却没有反应，这个县城的人还不习惯握手这个礼节。他递过一支香烟给我，我说，我不吸烟，他就自己点着烟吸起来。在白色的烟雾后面，他的脸更加沧桑缥缈。这张脸使我理解了"陌生"这两个字。对于我而言，这张脸几乎就是一个抽象的符号。我无论如何也不能把这张苍白衰弱的脸与她俏丽明亮的笑容联系在一起。在我关于她的记忆中，这个人是一个局外人。但我从他旁边的小女孩的脸上看到了她曾经的影像。这小女孩有八九岁的样子，扎着两条小辫，个子却比一般同年龄的小孩高，容貌很像她。姐姐和小女孩的爸爸说话，她抬着头，睁着又大又圆黑黑的眼睛看着我。我很想抱她一下，结果只伸出手摸了摸她脑后的小辫子。这时，我脸上的笑容一定充满了千万种感慨。待小女孩和她的父亲走远，我脸上的肌肉虽然恢复到了常态，但那种刻骨铭心的笑意似乎仍躲藏在脸皮底下久久不去。我的喉结一路上发出了好几次艰难的咽声，我几乎要把眼眶中的泪水弄出眼睑。

也许是休息不好的原因，这些天来，我总是有些神思恍惚，当看见正缓缓地接近十字路口中心的花车时，我的惊讶可想而知。太阳斜射在她的背和肩上，那个生动的背影在花朵和绿叶之中灿烂得五彩缤纷。我看着她和花车向前无声地走去，犹如看着河流上一个漂拥着花朵的漩涡向前流。而我自己则像一件被抛弃的衣服在河流中又被浪花挤到了河边，挂上了临河的树枝。

"哎！"其声音之大使得街上的人都纷纷转头看我。我伸出的右手只好在众目睽睽之下无奈地放下。

她在我的这一声喊中回过头来，她是另一个卖花的妇女，而不是那个两年前死于车祸的她。

前些天，我做了一个梦，梦见她推着花车回头向我笑着，她灿然的笑靥使天空的阳光在她的脸上产生了集中的效果，明亮又闪烁。

45

她就那样拧着身子，一边推着花车向前走去一边回过头看着我。她拧着的身体的曲线使她的臀部和上身的曲线毕露，自然流畅的衣服皱褶明暗参差。街口空空荡荡的，一辆其实车速并不快的汽车在我的梦中撞上了她，上午八九点钟多日雨后太阳的光芒照耀着安静的大街，所以那一声汽车和人体、花车相撞的声音毫无杂质，沉重的"嘣"的一声之后，是红色的花车碎裂的"噼噼啪啪"的声音。

　　天空中飘着她的身体。她的身体有些蜷曲歪斜着躺在低低的薄薄的水汽上，身上的衣服随风飘飞，头发竟飞扬成一根根与地面相平行的直线。花朵和花朵的叶子紧紧地簇拥着她，那些花朵和叶上的水珠在阳光中像散乱的珍珠闪烁着迷人的异彩。

　　只有漆成红色的木头花车破碎的声音持续不断。这声音听起来像一个大提琴的共鸣箱因巨大的声音冲撞而爆炸的破裂。

　　这个景象在天空停留的时间是那样漫长。我看见我张着嘴巴，呆呆地望着天空，因惊恐而瞠张的眼睛中盛开着这天空中美丽的花朵。

　　最后，这花的雨点终于从天而降，落在我的头上、身上。我闻见了她鲜血的气息。这温热潮腥凝重的气息包围着我的身体和心灵，使我呼吸急促得难以喘过气来。

　　我终于从梦中苏醒过来，身上汗津津的。

　　第二天，我坐上了旅行的火车。

　　是午后，午后的人们一脸倦色，从实在无法抗拒、最终又无法忍受嘈杂喧闹的、短短的午寐中醒来。火车在阴郁的天气中穿行，这时车上的广播响了起来，播放的是钢琴王子理查德·克莱德曼轻柔的《秋日的私语》。窗外，河流和村庄、草坡和树林一一退去，

《秋日的私语》的第一个乐段之后，车窗外春天的流水把其余的柔板流向了那远行的下游。

在那铅色的云影之下，一头牛抬起头来，深深地哞叫了一声。一些白色云朵一样的鹅在河流上游走。这些小小的云朵的身后是水的伤口。水的伤口转瞬即逝。

而时间的伤口却是那么难以愈合。十年前的往事仍然历历在目。

河及水之魇

大约是幼小的心灵更容易受到伤害的缘故，十三年过去了，故乡的河给我的恐惧至今没有消失。

我家的村子北边有一条河，河的两岸长满了那种类似芦苇的植物。该植物叶比芦苇宽，亦抽穗扬花；花洁白如云如絮，比芦花大；其秆如高粱，稍细，从兜部向四处斜长。小孩子常用此秆做自制竹弓的箭杆，相互间竞赛射箭。此植物的叶还带有锯状的细齿，锋利异常，不小心被碰划上，人的皮肤顿被记上一道血印，火辣辣地疼。我们那地方叫它芭茅。湖北也有此称。读废名的小说《桥》，其中有一节便以"芭茅"为题。

除芭茅外，河的两岸还植有树木，河中间因这浓密的芭茅和枝叶交错的树冠，终年不见阳光，让人生出阴暗森然的感觉。不管是白天还是夜晚，我都不敢一个人在河中游泳。其实，几乎所有的小孩子都不敢。夏天，有时天太热，在田地帮父母干些力所能及的活儿，一身汗，一身泥，又没有小伙伴陪同，只好叫上弟弟守在河边，自己才敢跳入河中畅游去污。即便如此，心中也是胆战心惊。

父亲说，这条河的水是从都江堰流来的。父亲还说，川西成都平原的水都流自都江堰。

这条河在我家村外的那段大多是淤泥的河床，只有我们经常游泳的那段河道才是沙子和鹅卵石的，但只有短短的一段。有时不小心游到淤泥的河段，双脚踩在稀软的泥中，那种没有安全的无助感，那种虚空神秘的恐惧感，从脚心瞬刻就传遍全身，心中就忍不住一阵颤抖，赶快游回伙伴们中间，爬上岸来，气喘吁吁地坐在阳光中，用手使劲地揉搓一身的鸡皮疙瘩，仍心有余悸。

我曾亲眼看见我家村外这条短短的河道淹死过两个人。一个是妇女，因夫妻争吵打架，投河自尽；另一个是一岁余的小孩，失足落入河中而亡。

我至今记得清清楚楚，那是春天中的上午，十来点钟的光景。小孩的父亲是我们村水碾坊的师傅，好多年都想要一个孩子，其妻都未能生育，后来才终于盼来这宝贝小子。那天，小孩的父亲在碾坊忙活，小孩由他姑姑看管。一岁多的小孩刚学会走路不久，自个儿窜出了碾坊，失足掉进了河中，待家人发现小孩不在，首先在河中寻找，捞上来时，小孩已断了气。

小孩的尸体躺在岸上，雪白的小手和脸像是冬天中没融化干净的雪，特别耀眼。孩子的父亲不哭，也不说话，只是石头一样蹲着，一张平时和善的脸变得那么可怕和僵硬。小孩的姑姑跪在地上，用双掌拍地，用头磕地，那悲惨的哭号撕心裂肺。

我站在姐姐的身后，用劲地抓住她的手，一身仍忍不住地发抖。

我记得那死去的小孩姓胡。

现在，每当我梦见我家村北的这条河，它那哗哗的水声就会把我从睡眠中惊醒。可以说，在我梦中的河，没有一条给过我快乐，有的只是恐惧。

河给我自身直接的伤害是我九岁那年，端午节的第二天。

家婆（外婆）的家距我家二十余里地。母亲说，生病的家婆有许久没看见我了，正在上学的我向老师请假，得到批准后，我同母亲在端午节的前一天下午就去了家婆家。家婆家门前有一条大河，叫青白江，河床宽的地方可达一华里多，而窄的地方却仅几十米。可想而知，这窄的地方水有多深多急。渡河的码头在家婆家上游两里来地的地方。此处正是窄的地方，水流深而湍急，艄公的篙杆都挨不到河底。选择此处做码头，我想大约是艄公图河窄，行船快捷吧。

这里是新都、彭县、广汉三县交界处，曾有一大石桥，叫三邑桥，一年夏天洪水泛滥，桥被冲走，名字却留了下来，码头也就叫了三邑桥码头。这里一度是商贸繁荣的水陆码头，南来北往的客人，西来东去水上跑船的商贩，络绎不绝。一条大木船在这里迎来送往。家婆的家在北岸。

是午后，初夏的太阳在四川已经开始变得毒热起来。母亲手中拿着黑布伞，我背着草帽，船就要靠拢北岸了，岸上的人都走到码头边，以便上船时找到一个好的地方放摆鸡公车、自行车之类的。我和母亲也站在码头边上，等待船靠岸。我不知道为什么，似乎是一种神奇的吸引力，船还没靠岸我竟不由自主地扑入了河中。挣扎时，我的头一度露出了水面，当时我唯一的感觉就是，水面上的阳光是那么的明亮耀眼。另外，我还有一个意识，那就是让水把我冲到下游家婆门前那一段的河宽水浅处，我就可以自己爬上岸了。这个想法实在是天真得可以，在水中我根本不能坚持那么久，还没等到我露出头来，我可能就一命呜呼了。

我当然被救上了岸。那天，我的一个表舅的儿子正巧和我们一起同船过渡，是这位一身好水性的表哥孤身一人跳入河中的激流，在水中东寻西找，才救起了我。后来我才知道，表哥是我的救命恩人，草帽也是。在水中，我身上的草帽载沉载浮，正好给表哥提供了找我的蛛丝马迹。

我被救上岸来，被表哥和其他人倒提着空水。我终于睁开了眼睛，我看见水从我的口中流出来，是那么白，那么亮。

空完水，母亲一把把我抱进怀中，一双手的食指和拇指捻着我的耳垂，口里念念有词。我问母亲这是干什么，母亲不回答，完了才告诉我，这是为被吓跑了魂的我招魂。

坐在岸上晒我身上的湿衣服，母亲问我："你能走吗？"我说："能！"我想，我要是回到家婆家，家婆村子中的小伙伴一定会笑话我掉到河里这件要命的事。

就这样，大难不死的我穿着还没被太阳晒干的湿衣服，手上提着那顶救命的草帽，一步一蹦地走了二十多里地回到了家。一路上小便了数次，在树、草垛和电线杆背后做了些没有一点儿用处的记号。

回到家中，当母亲把我落水这件事一五一十地告诉奶奶时，奶奶的脸一下就掉了下来，埋怨指责之情溢于言表。奶奶说，家婆家那个方向和我犯冲，我在一两岁时就在家婆家生病昏死过去，舅舅杀了一只鸡公，淋了我一头鸡血，我也没有醒过来。舅舅和母亲只好连夜急如星火地把我送回家中，后来我才奇迹般地好了起来。要知道，那时候，母亲是在一气生下了五个女儿之后，才盼星星盼月亮地盼来了我这个男性公民，我的"国宝"地位，我被保护的级别可想而知。

在我回家后的第二天，奶奶冒着搞封建迷信之罪名，悄悄地请了一个"得道"的仙娘为我驱邪压惊。

母亲后来说，当我落水时，她还努力把伞伸向我，想让我抓住伞。当时吓得全身瘫软的母亲一屁股坐在码头上，拼命地不知喊了多少声"救命"。

前些年，看日本电影《人证》，听片中的《草帽歌》响起，心中感慨万千。大约因为那个黑人儿子是美国人，《草帽歌》用英文演唱，记得前两句是：

Mama, do you remember

the old straw hat you gave to me

后来才知道，这是日本著名象征主义诗人西条八十的诗，查了几次，都没查到原作的全诗。惜乎哉！想必《人证》的导演也是爱诗之人，这首插曲在《人证》中可谓神来之笔。

虽不敢说人类对水的恐惧感与生俱来，但对于在陆地上生存惯了的人类来说，在水中那种悬浮失重状态却使人因失去踏实感而心生恐慌。

女儿赖非一岁之前在浴盆中洗澡倒非常乐意，常在盆中用小手拍水，弄得水花四溅，乐而忘返。抱她起来，她就四肢乱挠乱蹬，老大的不高兴。我想，在婴儿没有智力之前，这浴盆中冷热适度的水环绕其身，大约有使婴儿感到母亲子宫的感觉，那么舒服，不愿离开。所以，在胎儿离开母体时，总要抗议般哇哇地哭几声。确实，人来到人世，又何曾经过了人自个儿点头同意。

赖非一岁多时，似乎是突然之间，她就极端痛恨起洗澡来。每把她放进盆中，她都用尽全身力气挺立着，绝不坐到水中。每次给她洗澡，都要弄得她号啕大哭，以至看见那个红色的浴盆，她都要恐慌地"敬而远之"。我想，这时候，她已有了初步的思维，已经感觉得到水的浮力给自身的不稳定造成的不安全，所以才这样本能地拼命挣扎。

现在，赖非已两岁余，对于洗澡仍然心有余悸。每次洗澡前，总要耐心地给她讲道理数遍，水中给她放入玩具，诸如肥皂盒之类的，她才肯坐进水中。母亲曾教给我一个顺口溜，来安慰洗澡的孩子，"前拍拍，后拍拍，娃娃洗澡不怕得。"现在付诸实践，倒还有些效果。但一旦赖非恍然悟到"水是敌人"时，仍会从盆中挣扎起来，连声哭喊："拿被被！"若是强行把她按入水中，她便会哭得喘不过气来。每到此时，我是不敢不依她的，只好迅速清去她身上的肥皂水，用她称之为"被被"的浴巾把她抱起来，而且要等好一会儿，才可揭掉。夏天亦然。

小时候，奶奶给我讲过许多水鬼的故事。这些水鬼大多诱人落水，或在水中抱人腿脚不放，以至在河边行走，都令人心惊肉跳，看见水中的漩涡，也疑心是水鬼在水中作怪。我不知道，为什么农村的老人总喜欢给孩子们讲这些吓人的鬼故事。

后来长大，知道了许许多多伟人投水自沉：屈原、李白、朱湘、老舍……有时心想，没有河、没有湖、没有水，他们会那么早的死去吗？

那次，看电影《冰海沉船》，知道那艘初航的泰坦尼克号（TITANIC）豪华客轮把一千多人送到了北大西洋的海水中，回家的路上，胸腔似乎就是那片海洋，而心就像那冰山不化，弄得全身冰凉。

读《庄子·盗跖篇》："尾生与女子期于梁下，女子不来，水至不去，抱梁柱而死。"唉，多么痴情守信的尾生，任水没顶，仍抱着桥墩不走。那个不来的女子不投河殉情实在说不过去。也许那女子是个三角恋的好手，只有那晚露了马脚，不得脱身，所以失信于尾生；也有可能是女子死脑筋的父母得知女儿与人私订终身，觉得有伤风化，脸上挂不住，就把女儿关进闺房。这女子又没有一个贴心的红娘，所以只好困坐屋中，泪泻粉脸，心里只盼尾生来一个"王老五抢亲"。呜呼！榆木脑袋的尾生，水淹来，你咋就不知道从桥下

53

爬到桥上来等呢？你咋就不知道去她家后花园翻墙头呢？

佛学有"彼岸"之说，要达彼岸，就要自个儿渡过苦海，而许多人一辈子都渡不过去，终被苦水淹没。

想一想，这水真没有什么好的。真的，在感情上，河和水总是令我不安，因为它们给我可怕的感受。"仁者乐山，智者乐水。"按照这个说法，我大约是一个愚笨的人吧。

少年往昔

扫　　地

那是一座寺庙，叫福元寺，很佛学、很禅宗的名字。20世纪50年代，这座庙宇成了我们村的小学校。我们那个村子也因寺而得名，叫福元村。1966年后，村都改称为大队，我们村叫七大队。这名字没有半点儿文化色彩，倒有些革命队伍番号的味道。

大约是菩萨有灵，这"七"倒与佛有深而厚的渊源。佛有"七佛"，有"七贤七圣"，讲"七种生死""七种自性""七种布施""七种不净"。还有标识功德的"七级浮屠"。现在，我们村又叫回去了，仍叫福元村。

福元寺不大，计有大小房间十间，围成一个长方形的四合院。院中有两棵柑子树，后来才知道它们还有另一个名字——柚子树。北边那一棵树上挂着一个废旧的铁犁，上下课就有老师当当当地敲，老远都能听见。天井中还有两张用土砖垒砌、用水泥敷抹了台面的乒乓球台，下课之后就有牛高马大、身强体壮的"大"学生各霸一方鏖战一番。我从小身体瘦小，入学时算是真正的小学生，当时尽管手心痒痒，也只有旁观、喝彩的份。

不知道庙里的和尚，庙里的神像菩萨、木鱼、磬和钟都到哪里去了。我想，那真正的钟一定比铁犁神气得多，声音也洪亮得多。

临去学校，奶奶和爸爸、妈妈都一再告诫我要听老师的话，要勤快。那是踏进校门的第一天，我瘦小的身体背着奶奶为我缝缀的、空空荡荡的书包。书包中有一支新铅笔，铅笔上有一个毛线钩的套子，也是奶奶钩的。我不知从什么地方找了一把扫把，和其他几个刚进校门的蒙童认真地扫着院中的柑子树叶和其他的碎纸垃圾。没有一个老师叫我扫地，我心甘情愿、自觉地扫院子。我牢记着送我上学的家人的话，我想在上学的第一天得到老师表扬。躬下身子扫地的时候，我身后的书包总是沿着屁股滑到前面来，我就不断地把书包甩到身后去。那是 1968 年秋天，我六岁半。

结果，我并没有在这年的秋季捧到课本。我们站在院子中，听老师念着一个个准予入学的新生的名字。被念到了名字的孩子的脸上都一律喜气洋洋，而等待自己的名字被念到的孩子却严肃紧张得手心冒汗。这是我，这是我们第一次离开父母，接受他人，接受冥冥中一个"机构"的检验和挑选，而我们自己没有半点儿应变、申诉的能力。

到最后，我的名字都没有在这个秋天的寺院中响起。

我不知道我是怎样出了校门回家的。奶奶和爸爸、妈妈、姐姐们知道后并没有说什么。有一个阴影笼罩在他（她）们的头上，那就是解放初做了冤鬼的爷爷（当通信员带着不准枪毙我爷爷的上级指示，骑马飞奔在途中，仅距一二里路时，枪毙我爷爷的枪声响了）。当时我却不知道。

攒 钱 罐

第二年春天，学校又开始招生了，我终于被准予注册入学。

56

刘玉珊老师是我们的班主任，她坐在一张书桌后面，我和同学们排着队到她桌前报名注册，缴纳书费、学费。同学们拥挤的时候，我的书包中就发出哗哗啦啦的声音。书包中全是我自攒的硬币。

我把书包中的硬币倒在刘老师面前的时候，刘老师和同学们都笑了起来。我红着脸，一是为老师、同学的笑声不知所措；一是紧张地等待着刘老师把自己这堆不算小的硬币清点完。因为我特别担心，我若是不小心丢失了一枚，我还得回到家向奶奶或父母再要。而那时，我家穷得连硬币都是有数的。

这钱是我自攒的。四岁那年，父亲为我做了一个攒钱筒。攒钱筒是用一截两端带节的竹子做的，在竹筒的一端，父亲用锯子锯了一个缝，那缝正好可以通过一个五分的硬币。而硬币从外往里塞容易，而从里往外倒可就难了。三年来，我把得到的所有压岁钱之类的硬币（纸币也换成硬币）都塞进了竹筒。上学报到的前一天，父亲用一把弯刀把竹筒一分为二。随着父亲手中雪亮的弯刀用劲地向下一挥，白花花的硬币蹦跳着四散开来，我心中的那份惊喜也在脸上和心中四散。三年来，这个竹筒一直就放在我的枕头边，我看不见这些日积月累的硬币，但我和它们的感情却与日俱增。每当我把一个硬币放进竹筒，总要像对它们说几句话一样，使劲摇一摇竹筒，让它们欢迎新来的"伙伴"。它们发出的哗啦啦的声音对我的思念无疑是最好的安慰。

刘老师认真地数了两遍，抬起头来，说："正好！"我的心才平安地放了下来。

看 电 影

我们全班五十多个同学，我的位子在中间，刘老师既是我们的语文老师，又是我们的班主任。刘老师常常叫我到黑板前听写生字。在斑驳宽大的黑板上，我用粉笔写上的字总是横着向右升上去。刘老师说，我写字总像在爬石梯坎。

那天，距我们踏进学校门大约有一个月。我红着脸把自己"爬石梯坎"般的字行擦掉，回到座位，下课的钟声就响了。刘老师说，明天上午县电影院放映革命现代样板戏电影《沙家浜》，我们学校给了我们班八张电影票。一听到这个消息，五十多个小小的心都开始怦怦怦地狂跳起来。

刘老师开始念去看电影的同学的名字。

那天下着雨，二月间川西的天气还有些乍暖还寒。我脚上的布鞋在泥泞的田间小路上弄得一塌糊涂，雨水已经浸透了鞋子。刚才我还感到冻得有些僵硬的脚，现在却忘得一干二净。我感到浑身燥热起来，我的两只眼睛，所有的同学的眼睛都直愣愣地盯着刘老师念着名字的嘴。整个教室除了刘老师的声音，没有别的声音。在刘老师念完一个名字停顿的时候，我们都听见了我们自己不均匀的呼吸。

八个被念着名字的同学雀跃着跟着刘老师到办公室领票去了。我和其他剩余的同学竟一时傻坐在教室中。我从别的同学的眼睛中，看到了我自己的泪花在阴暗的教室中闪烁。但我忍住了。我知道，只要我的泪水一流出来，这泪水就会成为同学们十天半月的话题，成为嘲笑的对象。每个看不成电影的孩子都万分难过，但每一个孩子都把泪水往心里流。

这八个同学不是大队干部的孩子，就是学校老师亲友的孩子，还有小队干部的孩子。

我可以听写课文中的生字、难字，我能做对老师布置的所有作业，但我不能去看电影。

陈梦莲老师

陈老师负责我们班的音乐课，有时别的老师有事或请产假之类的，她也代我们的算术、语文课什么的。

陈老师的音乐才能并不高。在课余，她总喜欢坐在脚踏风琴前一遍遍练习一些流行的革命歌曲，以便上课时能流利地教我们新歌。一首短短的歌也总让陈老师弹得断断续续，难听不堪。陈老师给我们上课的时候，我们班的纪律简直就像一锅烧开的糨糊——一塌糊涂，几乎没有人愿意听她那并不美妙的嗓子教我们唱歌。陈老师的嗓子有点儿怪，她结婚好多年都未能生育，至今仍没有孩子。

我实在记不起那个极为捣乱的同学姓什么叫什么了。无法无天的他竟在课堂上用脏话骂陈老师。气极了的陈老师叫他滚出教室，他仍然无动于衷，他和陈老师竟在教室中捉起了迷藏。

他终于被陈老师抓住了，小小的身体被陈老师拎起来扔出的时候，他展开的身体像是一只鸟从教室里飞了出去，我们都听见了那一声沉闷的"噗"的声响。整个沸腾的教室在这一声后突然就安静了下来。我看见陈老师的脸苍白得像一张白纸。

一动不动的他终于在十多分钟后才缓慢地爬起来。这十多分钟，对我们对陈老师都胜过一个漫长的夜。

后来，后来这个同学仍然一如既往地调皮捣蛋，读完小学就与书包永别了，也不知他现在在做何营生。

丢瓦事件

在我读小学五年级的时候，我们的学校移到一个生产队的两个大院子中上课。四处漏雨，墙倾屋斜，危险破败的福元寺全部拆除后，将重建学校。我们的教室是一间过去曾作为牛圈的房子，坐在其中，我能闻到那久久不肯散去的牛粪的味道。这时候，我的两个弟弟也开始上学了。二弟上小学三年级，小弟上一年级。

我们村还有一座寺庙，叫报恩寺，距福元寺大约有一里来路。报恩寺这时候也被拆除了。报恩寺被拆下的砖、瓦、木料将被运到福元寺，用来修新学校。

上小学五年级的我们被征为"挑夫"义务劳动，我们的任务是把报恩寺拆下的瓦送到福元寺。不知道报恩寺修建了多少年，历经风霜雪雨的报恩寺屋顶上的旧瓦易碎得不堪一碰。我们一人挑着两个满装着瓦的篼篼，从报恩寺出来，沿着河堤往福元寺走，没走多远一些瓦就在篼篼中被无声地压碎了。我们就挑着这不仅对新建的学校毫无用处而且还是难以处理的垃圾的碎瓦片龇牙咧嘴地往前走。我们稚嫩的双肩在瓦担的压迫下火烧火辣地疼。

这时候，我的小聪明又不失时机地开始发挥了。我告诉大家，碎了的瓦总之挑去也没用，还不如扔了，小心点儿把剩下的好瓦挑回去。大家当然齐声叫好。大家把自己挑子中的碎瓦拣出来扔到河中，或者嘻嘻哈哈地打水漂。清澈的河中一时水花四溅。

祸根就这样种下了。

来回跑了好几趟，累得精疲力尽的我们站在一片废墟的福元寺前。太阳就要落到地下去了，红色的夕光把我们东倒西歪的身影拉得很长。

那个一脸络腮胡子的杨姓的大队民兵连长站在我们面前，他身旁是姓董的民兵副连长，一副如临大敌的样子，如血的夕阳把他俩的脸弄得让我们的手心额头冒汗。

"×××把瓦扔到河中，我们拿什么来修革命学校？我们晓得他的根根，他爷爷在解放时被我们镇压了。大家不要跟他学，要监督他！……"

我差不多要晕倒在地上，我努力控制住自己，但我的泪水还是沿着我因劳动而弄得乌猫皂狗的脸上流了下来。整个广场上鸦雀无声。我知道，我不仅要受到一个愚昧的成年人的无理指责而蒙冤受屈，而且在散会之后，我还会受到不懂事理的同学的指指点点和疏远。我甚至能想象那些平时和我合不来的同学幸灾乐祸的脸。我的两个弟弟也站在广场上，今后他们和我一样也将顶着被镇压人的孙子之"帽子"上学读书。而在这之前，这顶"帽子"还未被人在大庭广众中公开过。绝大多数同学都不知道我爷爷是被镇压的。这事已经过去二十多年了，而且我爷爷被镇压后，我家为避讳是从十里外的地方而搬到这个村住的。

走在回家的路上，我们兄弟三人都低着头，离别人远远的。我咬着牙，满腔的悲愤，悲愤得想怒吼，心中却又疼痛得说不出话来……

奶奶和父母几天后才知道这件事的。我也没有向他们解释什么。他们没有责备我，但我听见了他们一遍遍的叹息。

我敢肯定，这一辈子我也不会忘了这件事！

选　　举

我们是在新教室中小学毕业的。由于初中招生人数的限制，我们班中将有三分之一的人不能再继续上学。

是上午，川西夏天明亮的阳光从没有玻璃、只有木格的窗户中射进来。几何的光道投在我们的身上、桌椅上，热烘烘的，让人躁动不安。不知是上级的指示，还是刘老师独出心裁，我们全班五十多个人坐在自己的座位上，把我们认为有权利继续读书的人的名字，认认真真地打上钩。

我被刘老师指定为"记票员"，还有一个"唱票员"和一个"监票员"，俨然是一个公正民主的选举仪式。

我记得我那天穿着我三姐不能穿了的一件厚布衣服，女式的衣领使我面对大家时不免有些难堪。黑板上写上了同学们的名字，我在这些名字后面一笔一笔地画"正"字。整个教室中只有"唱票员"的声音和我手中的粉笔在黑板上写字的声音。大家的眼睛一边盯着"唱票员"的嘴，一边盯着我的手。因为天气太热和紧张，我背上的汗渐渐浸出了我的衣服。

我是极少几个全票被推荐上初中念书的人之一。看着我的名字后边那十多个"正"字，我在心中长长地、轻轻地舒了一口气。我知道，我那矮子中还算高个的学习成绩帮了我。因为除了有点儿"小聪明"外，我并不是一个十分听话的乖孩子。至今，我都要感谢同学们的公正无私。

另外，有趣的是，有好几个同学一票也没有，他们连自己那一票也放弃了。同时，大队干部等的"根正苗红"的同学的票数也都很高。我想，十二三岁的我们已经朦胧地懂得了不少，知道人家即使一票没有，也肯定会升初中的，自己又何必"讨人嫌"呢。

整整一个夏天，我都像是一个等待判决的犯人一样等待着入学通知书。1976年秋天，新学期终于来到了，我怀揣着通知书，背着新书包到另一个大队小学去读"戴帽"初中（"戴帽"者，即在一所小学办两三个初中班，或在一所初中学校办几个高中班，教师大多是拼凑不称职的）。有消息灵通的同学说，当时大队干部在决定是否让我上初中时颇为踌躇犹豫。但我的全票、我的学习成绩让他们权力的砝码偏向了良心。

第三辑　北方雪影

大河及河边的姐姐

是春末夏初的夜晚，雨后泥泞的道路上有一洼洼水的亮影。风从窗户的缝隙中挤进来，雨时的雷声仍隐隐回响，仿佛来自去年的这个季节。我从中午睡到现在，屋中一片黑暗，刚才的梦境一页页四散，在我茫然空洞的大脑中像杂乱纷呈的鸟翅一样颉颃翻飞。我竟能听见四十里以外大河穿过黑夜的浪涛。那些帆篷，那些一闪而过的鱼鳞把掠过河面的风弄得土腥味十足。记忆、梦幻、想象的语词在大河之上飞溅着美丽的浪花。我望见了如水奔流的散文和诗歌；我望见了大河上的船大红大绿，像是北方乡间新娘和儿童的绣鞋在水上行走。

美丽的散文和诗歌渔网一样从天而降，在河中打捞着如雪片如碎镜一样的鱼鳞，打捞着动人心弦的歌声和爱情。在美丽的散文和诗歌的网中，虚构梦幻的天国逡游着花朵和枝叶、星星和月亮、早霞和夕阳。神奇的语言使我重返梦想。

1

大河的高堤上是一个年轻的妇女。妇女怀抱幼儿。幼儿红红的小嘴吮着妇女壮硕的乳房。幼儿穿着绣有五彩丝线的红肚兜。后来我才知道，这肚兜上绣着的五种动物是五毒：蝎子、蜈蚣、蛇虺、蜂、蛾，可保小儿平安。

阳光从茂密的树冠间射下来，正巧有一缕停留在妇女的乳房上。我眯缝起眼睛。明亮的阳光从妇女雪白的乳房上漫射到四周，阴凉的树荫因妇女的乳房而呈现出一团白亮的光晕。我就是被这团光晕晃得缩小了瞳孔。我看见，妇女丰满的乳房上有幼儿小小的指印，就像冬瓜的粉霜上留着抚摸者的手印一样。

在这个妇女的身旁，一只半岁小狗抬起后腿，对着一顶充满着夏天汗味的草帽撒尿。妇女哈哈大笑。抖动中妇女的乳房从幼儿的嘴里挣脱出来，幼儿响亮地哭了起来。小狗在幼儿的哭声中惊惶地逃走了。

一个黑壮的身影在大河的河心劈波斩浪。妇女的眼睛总是跟随着河心的身影移动。

这位健康的妇女应该是我的姐姐。她又黑又大的眼睛、她壮硕的腰、她粗大的臂膀和大腿，和我的姐姐一模一样。

2

姐姐盘腿坐在炕上。一粒粒红红的灯花逐渐在火苗中长大，然后就从灯芯上滚下来，在炕桌上打几个滚，慢慢地变成黑色。让我想起枣树上熟透的枣在风中星星般落到我的头上。这时候，窗外的风呼啸怪叫，一声连着一声。厚厚的积雪把夜空照耀得如同白昼。枣树虬龙般的枝丫在窗户上投出怪诞抽象的黑影。姐姐没有抬起头来。又一年快结束了，去年红色的窗花被太阳和风雪洗得苍白。

姐姐坐在想象和梦幻之中，咔咔咔的剪刀一路左绕右拐，手动纸落，如窗外的雪花纷纷飘下。但龙和凤、蛇和兔留在了手里，还有牡丹、芍药之类的花朵。最后是一艘船在姐姐的手中滑到了河中。水花在船舷开了又谢，谢了又开。那种夏天的汗味、水的腥味透过姐姐的手、手中的剪刀，烟雨般铺天盖地地漫开。

姐姐惊叫一声把手指放到嘴中吮吸。姐姐因重重的心事而走神，误剪了手指。姐姐手上的血珠正巧落到船头的舵手上。

船正在河之上、雪之中漂流，久无消息。整个冬天姐姐百无聊赖，不停地在下雪的夜晚，紧靠着昏黄的油灯剪纸，剪出一艘船，又剪出一艘船。姐姐用剪伤的手指把船夹进发黄的历书。历书就放在姐姐的枕下。在梦之中，我看见姐姐剪成的龙凤、蛇兔、花朵都飞到了我家的窗上，在雪和月光的映照中翩翩起舞；花朵的香气穿过重重岁月留下的霉味，袅袅行走缭绕于我家之中，不绝如缕。姐姐的那艘船在大河之上乘风破浪，身披漫天的风雪，正穿过一页页分离等待的日子，到达姐姐在皇历中折了角的那一页。

3

月亮和星星竟在子夜升上了这春末夏初的雨后天空。风把窗帘掀起来，我的身体像一段绸缎的白帆，鼓满了飞向天空的风。我坐在蓝色的云团上，坐在红篷的四轮马车上，像风一样奔跑飞翔。闪光的大河中鱼鳞闪烁，金色的阳光随波逐流，日日盛开的浪花没有四季。我从梦境中醒来，又回到梦境之中。我来自一个雨后的夜晚，在大河的岸边不想回家。

大堤上来往行走着云游的歌手，歌声在毛驴脖子下的铜铃声中清脆悦耳，响遍行云。我要沿着大河巡游，寻找我的姐姐。大河两岸飞翔着无数的鸟。这些鸟把大河两岸动人的民谣和传说衔到我的手上，我的手上是一本厚厚的无字的书。这些空白的纸页，将在我今后的巡游中写上古老而又新鲜的文字、美妙的文字。我把这些梦幻般的字词称为散文，或者诗歌。

4

欢乐的声音像大河上那总是回旋不息的旋风在岸边的庙会上回荡。我看不见乡亲们的表情，但我能听见他们兴奋中等待的吵嚷声。鼎沸的人声中突然有妇女怀中的婴儿惊哭起来。这童真的声音尖厉而又高亢，直上云霄，压过了所有的声音。你们看见孩子的母亲毫不避躲地掏出怀中的奶，奶一塞进婴儿的嘴中，场子就安静下来了。

姐姐拉着我的手走村过镇。姐姐唱坠子书，我拉坠子。四县十乡无人不知无人不晓我们姐弟俩的名字，无人不惊叹我这个盲人乐师高超绝妙的技艺。

我操起坠子，脚踏脚打板，又用手摸索着把桌上的皮鼓和醒木重新摆到合适的位置。姐姐左手握着一副光亮的檀木剪板，右手执着一根象牙筷子。我和姐姐配合得天衣无缝。我黑暗的眼睛感到姐姐的象牙筷子向下挥动带起的风时，手中的坠子就开拉起急越的快板。姐姐手中的剪板嗒嗒地叫，桌上的皮鼓咚咚地响，与弦子的乐调配合着，奏出统一和谐的旋律。土台下攒动着的乱蓬蓬黑色的人头都静止下来，不时爆发出雷鸣般的大笑。这时，我似乎看见两只从大河上飞来的大雁在场子上空静静地盘旋。大雁投下的影子在每一张黧黑的脸膛儿上掠过，像是一道凉爽的河风的抚摸。

十七八的大姑娘逛马路，

三炮台的洋烟卷止不住地抽。

洞宾老祖戏牡丹，

陈三两调情富春楼。

我把兜兜绣完毕，

送到对过的万宝楼，

打上一挂金锁链，

一个一个如意钩。

要有人想把我的兜兜带，

别吃醋，喝酱油，

上在我的楼，

箱子里边找，柜子里边搜，

要有人想把奴的兜兜带呀，

还得跟奴心投意也投。

……

　　姐姐唱的是《王三姐摔镜》。弯曲的大河上渔歌嘹亮，水鸟纷飞，渔网此起彼伏。滔滔东去的九曲大河流过我这个盲眼艺人的心中，生出一股热润的气。

5

　　大河两岸的乡亲把一担担浑黄的水挑回家中的水缸。泥沙沉积下来，清澈的水漫上缸沿。陶的缸口回旋着嗡嗡的风鸣。

　　炊烟升起在两岸，被风挥洒成粗大遒劲的字体。那个河边的乡村学校，孩子们安安静静地坐在教室中，留着小分头的先生用撕去皮肤的柳条教鞭，指着石头黑板上的字，高声教孩子们念：

　　君不见，黄河之水天上来，奔流到海不复回。

6

　　大河的沙滩上，我的脚印被风抹平了，我回头的时候，再也找不到走到此处的路。从此之后，我就开始了我的流浪生涯。

　　我爬上大堤，我看见堤下是一座繁荣的小镇。一条街像一根竹签串着两旁鳞次栉比的店铺，店铺的门前无一例外地挂着红黄绿的各色旗幡，在风中猎猎飘动。镇东头的庙场上，一个年轻的女子在说坠子书，她侧旁的桌后坐着一个更年轻的少年盲眼乐师。黑压压的人群在女子的说唱声中鸦雀无声。街上不断有人往镇东走去，镇中灰白的尘土像是走马过兵的狼烟弥漫着升上天空。我跟着两只水鸟来到了镇上。

　　我走进镇口，正是一天中日近头顶的时候。我记起我曾经也是一个说坠书的艺人，所以对镇东头说坠子书的姐弟兴趣不大。

　　我闻见了烧饼、油条、凉粉、胡辣汤、饺子、馄饨、烧鸡、牛肉、驴肉的味道。浓烈的香味扑鼻入肺，我晶亮的涎水在正午的阳光中拉出了亮亮的丝线。

　　无数泥土敷抹的烧饼炉在街道两旁一字排开。炉中的煤饼裂着密如蛛网的缝，那红色的光焰从缝中射出来，均匀而又柔软，像春天的朝霞透过浓重的乌云。

　　一个个沾着芝麻的烧饼贴在倒扣着的锅上，在烘烤中逐渐由白色转为金黄。烧饼的牙边均匀整齐，像是精美的古代纹饰。而上面星罗棋布的芝麻，使人想起古人在铜盘上镌刻下的天象图案。

　　我得到了一个好心人的施舍。热烫的烧饼在我的双手中倒来倒去，诱人的麦面之香包围着我的整个身心。这来自民间的工艺品使我久久不忍下口。后来，我的牙齿还是把浑圆美妙的烧饼弄了个缺口。如果说这个慷慨的小镇满怀善良地接纳了我这样一个一事不做的流浪人的话，那么他们迎待说书的姐弟，就像接驾帝王。

这个小镇最奇最香、名声远播大河上下的吃食就是五香驴肉了。这驴肉的香味在我进入小镇之前的大堤上就闻到了。人说"天上的龙肉，地上的驴肉"，仙驴肉绝妙的气味早已穿透了我的味蕾和胃囊。而小镇，却用这样天下罕有的仙驴肉日日招待说书的姐弟。

此镇杀驴与众不同。屠夫先把驴五花大绑在树桩上，然后在其肚下架文火慢慢炙烤，待驴满身大汗，让驴喝配制好的五味大料汤，直到驴无汗可出时，才将其前后腿肉等部位割将下来，最后将驴放倒宰杀。这鲜嫩无比的驴肉每天都恭呈在说书姐弟俩的饭桌上。

我不记得我在这个镇待了多少日子。当我那天早晨恋恋不舍地离开它时，鲜艳红润的桃花正开得如火如荼，映红了我清瘦苍白的脸颊。

7

我随心所欲地翻开了我手中的书。我知道这本书的最后部分是最可纪念的部分。我将在这部分填写上我对爱情的热情和向往。我在这个部分娶回了我美丽纯朴的北方妻子。但这部分仍残留着我往日生活的印迹。缓慢移动的时光中，永远有回头遥望和冥想的凉风。

我预感到黎明正在大河岸边芦苇叶上的露珠中闪现。羞涩笨拙的我望着大河逐渐明亮的水闪烁其词。像我这样保持童贞的男子的喉结中，总在这样的时刻出现大河中鱼骨的化石。

早晨就这样来了。秋天的芦花在大河两岸白如初雪。小木船拴在岸边的木桩上，水波一浪一浪地掀动着木船，如我幸福的心情起伏激动不安。我未来的妻子终于在大堤上出现了，早晨强劲的风吹进她月白色的衣衫。她黑亮的头发上金色的阳光柔软如花蕊。

是那个无所事事的流浪孩子在吼唱歌谣吗？是我在吼唱歌谣吗？我未来的妻子迈上了我的船，在船头坐下的时候，两边脸腮红似朝霞，黑黑的眼睛中飞溅着大河晶莹闪亮的浪花。不知所以的我被两只木桨弄得手忙脚乱。小木船在平静的河湾中晕眩着打转，那个啃着烧饼的黑瘦孩子在岸上唱歌。

　　　　大门外边一棵槐，
　　　　手摸槐树盼郎来。
　　　　爹问女儿摸啥呢？
　　　　我扶住槐树怕它歪；
　　　　娘问女儿摸啥呢？
　　　　我望槐花几时开。

这些歌谣遍布大河两岸数千里的美丽乡间。每首歌谣的背后都有一位天才的民间歌手。朴素的民间歌谣成了大河两岸外乡人闻而难忘的人情风物标志。我终于在民谣中摆正了我们爱情的小船。风把我未来妻子的头发和身体的幽香吹进了我的鼻孔。波光粼粼的大河边无数的帆篷缓缓游走。大河和芦花的梦境被爱情的歌谣和我们的小船打断，我们被带进歌谣和芦花的芳香，带进梦境般的情怀。鸟儿和芦花在我们的头上飞来飞去。我们勇敢欢乐的幻想和遥望荡起一圈圈圆圆的波纹，从芦花深处扩向四周，扩到那个黑瘦孩子摸鱼的手 。他又吼唱起来。

　　　　送情郎送到大门以外，
　　　　伸手又把哥哥拽，

72

情郎哥问我还有什么话，

奴说这一去千万别多待。

送情郎送到大门以西，

抬头看见了卖梨的，

奴有心买梨给郎哥吃，

想起昨晚不能吃凉东西。

送情郎送到大门以东，

忽然间刮起了东北风，

刮风不如下雨好，

下雨和郎哥多待几分钟。

　　我头顶芦花的未来妻子，在歌谣中走出芦苇时已成为我的新娘。为我们的爱情而创造的歌谣在四乡不胫而走，流传至今。我手中最后空白的书页被满满地写得没有了天地。

8

　　我再也没有见到我的姐姐。姐姐在书的第一页和最后一页上都是同样年轻的面孔。那晚，在如水的月光之中，我坐在槐树下的青石碌碡上默写我听来的歌谣，从大河上吹来的习习凉风不识字地翻乱我手中的书页，我看见我的书中纷纷扬扬地落下了细碎的红纸屑。姐姐在书中为我的婚礼剪那龙凤呈祥的窗花和那巨大如床的喜字。剪刀开合的声音在大河两岸传得很远很远……

在剪刀的声音中，我放下了手中的笔。窗外金色的朝阳带着雨后清新的空气健步走上我的书桌，艰难辨认我稿纸上梦呓般凌乱的字迹。

黄河雪霁

　　春节已经过了，那场漫天的风雪和春天一起来到豫北大地，来到黄河两岸，来到铜质般滚滚涌动的黄河波涛之上。每一片来自天庭、飘过漫漫长空的雪花似乎已经精疲力尽。它们在黄河的波涛之上还未来得及收敛起疲倦的翅膀，就被发出低沉粗重的呼吸的黄河之水卷走了。即使冬天，奔腾不息的黄河也没有停止它亘古不变的涛声。

　　在漫天的风雪中，我们看不见黄河，但在离黄河很远的地方，只要扶住一棵苍老的大树，把耳朵贴在伤痕累累的树干上，静静地倾听，我们就能听见这种低沉的声音，就能辨清黄河所在的方向……

　　我是在这场风雪之后来到黄河岸边的。对于我这个十年前就从巴山蜀水来到中原的黄河岸边安身立命的人来说，黄河早已无须问询和寻找，无须循着它奔腾的声音，无须辨别方向，就能轻易地相逢。

　　是午后，雪早已停了，明亮的阳光照在黄河之上，几朵在秋天中才有名字的云团远远地躲着太阳。整个天空，整个黄河，两岸的大堤，大堤上的树木和树后的村庄都一片阳光灿烂。在我走过的地方，在我看到的地方，我差不多没有看到一片小小的阴影。雪霁之后，地上的积雪把明亮的阳光反射到所有的角落，从而消灭了所有可能的阴影。

冬天黄河的身影和岸上的人们正好相反。一到冬天，黄河的水流小到极限，只保持着它纯粹的精神向前奔流；而岸上的人们在冬天里却穿上厚厚的棉袄，一身臃肿地抗拒着冬天。

我向着河心走去。冰雪覆盖的滩涂逶迤起伏，圆滑灵动的线条极富韵律感。这是黄河母亲圣洁的胴体，还是顺流而游四方的洛神安静地栖睡在午后灿烂的阳光之中？黄河就被这些无数的、像母亲也像神女的雪滩所拥抱，在这静穆的风景中成为生动磅礴的一笔。

即使我小心翼翼地行走，脚下也不时地腾起雾一样的雪粉。有时，雪很响地在脚下"吱"地叫一声，我就误以为是我踩疼了雪的翅膀，脚步也就越发地轻了。我的小女儿曾在温暖的屋中望着窗外飞舞着的雪花问我："爸爸，雪花的妈妈是谁？雪花的妈妈呢？"

如果孩子现在在我的身边，我会告诉她：黄河是雪花的妈妈。现在，雪花安静地在妈妈的怀抱中睡去了。小心我们的脚步，别惊醒了雪花安恬的睡梦。

这难道只是一个小小的、美丽的童话？在那黄河的源头，在那冰雪为冠的各姿各雅山之峰，在卡日曲，黄河之水不是冰雪融化而成的么？那从卡日曲跋涉万水千山，来到中原的黄河之水难道不能称为雪之母亲么？

黄河像一条飘带飘来，那么细小，又那么强劲；那么飘逸，又那么执着。我站在河心水流拐弯的地方，黄河的声音围绕着我的身体和心灵。至今，我仍无法形容出这种声音。这声音中有"嘀嘀嘀"的低鸣，深沉而厚重；也有"哗哗哗"的笑声，欢快而急促。还有别的声音，黄河才有的声音。谁能说出那源头上雪线下降的声音、冰晶之露滚下雪莲的声音呢？就像我们手捧一条音乐的磁带，不能分辨出一个个音符一样，面对黄河，我们永远无法说出黄河之声给予我们的透彻骨髓和肺腑的感受。是一声并无恶意的狗吠使我看见了那条泊在对岸岸边的铁船的。那条黄白相间的狗站在船头向我叫着，身后的尾巴摇得十分惊喜。那叫声像是一声声充满亲情的问候，也像是两个走过很长寂寞旅途的人相遇时，那只为证明自己的声音的一声招呼。

一缕笔直的炊烟从船舱顶上升起来了。白雪覆盖的黄河岸边，船上的两盏红灯笼和一副红对联是那样的耀眼，那样的令人感动。这使人感到世俗生活的真实和亲切，从而热爱这既伴着人间烟火又各具风情的世俗生活。

我真的很想到这船上去坐坐，和这船的主人拉拉家常。但隔着黄河的我只能扬起手来，向这船的主人，向着欢快地摇着尾巴的狗，向挂着红灯笼的船使劲挥了挥，算是回报的礼仪。

最后，最后我想说的是黄河上漂动的浮冰。

春节毕竟已经过了，春天毕竟已经来了。这时大约是一天中最温暖的时刻。浑圆的太阳高悬在黄河之上，那滚滚的波涛泛动着鱼鳞般闪闪烁烁的光斑。一块块涌动的浮冰在黄河的波涛中起伏浮沉，向着东方，向着远方的大海涌去。阳光就站在这些浮冰上歇脚。奔腾之中，一束束阳光五彩缤纷，闪闪烁烁。这是我十年来第一次见到的黄河冬去春来的奇幻之景。那些从浮冰上折射到空中的阳光，像是节日都市夜空中的激光束，打扮了这雪霁后的黄河。

我感到我的眼睛热得发潮，我不知道这是因为明亮的阳光的刺激呢，还是因为这眼前如梦如仙的奇景，因为生活的亲切和实在之外，还有这美妙的诗意而感动！

北方冬天的阳光

　　生在四川、长在四川的我，十八岁才到北方。回想那故乡的天空，一年四季似乎都是一张愁苦的脸。尤其是冬天，多雾有阴雨的日子中，如果有一天能让一缕阳光那么短暂地抚摸一下举起的指尖，那真是一个喜出望外的幸运了。

　　北方冬天的阳光却是那么灿烂，而且天天光顾。如果遇上无风的天气，走过老城，常常就能看见一群身穿黑或蓝布衣的老人一长溜地坐在他们随身带着的小马扎上，靠着那古老的城墙晒太阳。城墙残缺不全的垛堞上，一团一团没有被太阳晒化的雪看起来很耀眼，嫩嫩的，像是露着的白白的牙齿。老人的怀中差不多都抱着一根拐杖，相互谈着天。他们中常有人抬起头来对着太阳看，那眯缝着眼的样子，差不多是他们一生中最幸福的时刻。他们中时常有人讲一些他们年轻时有趣的事情，男欢女爱什么的，无非是在庙会上摸人家姑娘的辫子，或者大着胆子和相好的在白天的墙角拉了拉手。一说到他们心中这些"光彩"的事迹，当事人首先就嘿嘿嘿地笑了起来。大家就相跟着一起笑，所有的嘴巴都一律黑洞洞地张着，那笑有一种咝咝的声音，因为没有牙齿，或者已经牙不关风。还有笑出了眼泪的，混浊的眼泪在冬天的阳光中竟意外地晶莹起来，像早晨布满树叶上的露珠。这时候，他们的脸确实像一朵秋天的菊花，一

78

缕一缕纵横交错着皱纹。

一些老人喜欢戴一副黑黑的、圆圆的眼镜，像几十年前的乡绅。我因为看不见他们的眼睛，所以也就看不见他们的表情。但我知道，在冬天的阳光中，他们一定身心快乐。冬天的阳光照在他们身上，那些一生的坎坷艰难、辛酸悲愁都像他们的影子，暂时被抛在了脑后。

北方的冬天几乎没有雨，雪霁后的阳光更是异乎寻常的明亮。那皑皑的雪野上，明晃晃的阳光像水银一样极易刺伤人的眼睛。那些光秃秃、虬龙般的树枝让我想起美丽的珊瑚，而阳光就循着这些几近干枯的枝丫到达雪被下的土壤。融化的雪顺着伤痕累累的树干流下来，那晶莹的水滴在阳光中像珍珠、水晶和钻石一样闪烁耀眼的异彩。

对了，还有风中的阳光。北方冬天风中的阳光似乎没有热的力量。风把阳光忽东忽西地吹攘着，让我想起我用两个容器为小小的女儿翻倒用开水冲兑的、过烫的果汁，左倒右倒之间，这果汁就迅速地凉了。如果我们埋怨天气太冷，应该埋怨的是讨厌怪谲的朔风，而不是太阳。太阳没有罪过，它也是受害者。

金堤河和赖非

这座城市好年轻，钢铁和水泥的脚下常常会蹿出草的叶子和庄稼的根须；这座城市好小，几乎所有的市民都是麦子和玉蜀黍的邻居。

赖非快两岁了，我坐在阳台上看书，她在阳台上看麦地中寻找粮食的鸟儿。去年秋天，田边树上金黄的叶子落到在阳台上玩耍的赖非的肩上，她好惊喜，以为是天外来客呢。我的家在三楼。

我常常带着赖非到田野中散步。她在路边扯起那些有着剑一样叶子的草，捏在手中，蹦蹦跳跳的，一不小心，滚到麦地中，麦苗绿色的汁液沾在她身上，回到家中，清香也就带回了家。这是三月，野生的花还没开，但麦苗变黑、变绿、变高了。

我家的西边还有一条河，叫金堤。据史书载，东汉时自汴以东，沿黄河积石，形成金堤，其河亦沿堤而流，一些河堤至今仍存。金堤河两岸有男人一样笔直的杨树和女人一样婀娜的柳树。春天里，那些轻柔的柳絮飘得很远。这座城市中的市民在这个季节似乎人人都眯缝着眼，害怕这柳絮夺人眼目。

这条河的水流平静而又舒缓，不仔细看，还以为河中的水停止了。最有趣的发现是河水忽走忽停，像一部交响乐，在指挥棒下快、慢运动或静止。这大约是视觉的作用。

冬天的时候，金堤河的水又瘦又小，河面上还结了一层冰。这时的金堤河是丑陋的。河边被农民割去的芦苇长长短短地冒出根茬；冰之上，散着许许多多碎砖破瓦和干枯的树枝。这是放学的孩子们在河边戏耍，想用这些重物砸冰，想知道河中的水是在流动，还是已经冬眠。这种愿望注定要落空，金堤河冬天的厚冰，即使用整块砖头砸，也不会裂开。而且有幸砸开，也只不过一点儿"皮开"，而不会"肉绽"。过了一夜，这冰又好了伤疤。所以我们看见，一些砖头一半在冰上，一半在冰下。

我和赖非在冬天的河堤上散步。围着围巾，穿得棉滚滚的赖非用好大的劲，也没把一片小小的瓦片扔到河中。我用砖头砸过冰。我想，那冰层碎裂的声音一定妙不可言。那是我有了什么气可生，去到了河边，又是冬天的时候。

秋天的金堤河也很漂亮。这时候，河边的芦苇逐渐枯黄，那沿河吹来的风又大又疾，芦苇的叶子相拥挤和碰撞，发出瑟瑟飒飒的声音。而芦苇之上，如雪如云的芦花摇动，有些花絮终于忍不住飞翔的诱惑，离开芦苇，在河上飘飘扬扬。但终于还是落了下来，在清澈的水流中随波起伏，然后消失，没有一丝声息。只要你注视这个过程，看到白色的芦花在水中没有了身影，你的心就忍不住会轻轻一动。

而鸟却没有这些感想。秋天是鸟儿繁忙的季节，鸟儿在河面上飞来飞去，在河堤上寻找草籽，停留在芦花丛中表达爱情。头顶芦花的鸟儿，个个都像走出教堂的新娘。

而夏天，金堤河的夏天则是人类爱情的天堂，或者叫乐园。年轻的情人们在河边成为抽象或具象的整体。河中众多的鱼们沉到水底，为那些不经意听来的情话或爱的声音脸红。鱼们家家关门闭户，父母神经紧张，害怕自己的孩子不谙世事，不仅惊扰人类红色的梦幻，也让不成熟的鱼的心灵想入非非。

突然有鱼的尾鳍拍打水面的声音，人类的脸在黑暗中惊得一红，其实那是鱼类"氓"的恶作剧。

鱼氓们想，没有你们的时候，我们在水草间，在星星和月亮之间夜游。我们的翅和尾自由运动，在金堤河中，星星和星星、和月亮碰出叮叮当当的声音。那时候，只有这种声音。

还是说今年吧。

今年的春天穿过了两场铺天盖地的风雪，才抵达这里的树、草、庄稼之中。一旦太阳出来，天气转眼就暖如阳春了。春天在风雪天之后，乘着风的软梯和太阳金色的光线，深入了所有人和植物的心灵。

我骑着自行车，自行车的后座上坐着赖非，在金堤河的堤上缓缓地走。金堤河边有个叫赵村的村子，村子中不知是谁家的四五只白鹅在河面上游动。鹅的身后是水的伤口，也是时间的伤口，但转眼之间就合上了。因为时间的伤口，总是由时间治愈。

还有田野，还有嘭嘭作响的机器。金堤河的水沿着一条黑色粗大的管子爬上岸来，爬进机器的肚子。然后从一截铁管中冒出来，在空中划过一道弧线，散成白色的水花落到渠中。水渠中的水疾疾地流进田野，渠边的土坷垃常常有情不自禁者跳进水中，但还没来得及挣扎，似乎就被抽了骨头，瘫散开来，把水弄浑。水流却无动于衷，仍然疾疾地流着。也许明天，它们中就有一朵小小的浪花经过一夜的跋涉，沿着麦苗的根、茎、脉，爬上叶尖，亮晶晶的，像一颗珍珠，里面含着春天圆圆的、新鲜的太阳。

田野中有许多荷锄扛锨的人。他们挽着裤腿，赤着足，不时弯下腰来，像对待自己的孩子一样，扶扶歪斜的麦苗，将将麦苗们被风吹乱了的头发。赖非用手去抓那空中弧形的水，水花溅开来，溅了我们一身，像一首诗撕碎，再也找不到一行完整的句子。

但想到赖非感冒和药片之类的，我就小心翼翼起来，好多诗意就落花流水去也！

我一边拧去赖非衣袖上的水，一边告诉她，赤足的人、土地、麦子、泵这些字眼。我想这些朴素的人和可见的事物，将教会赖非"劳动"这样美好的东西。

但对于"泵"，赖非终于没有理解。她不知道机器和饭桌的概念，她更不知道"石头"如何又在了"水"的上边。

就这样，我们沿着金堤河，沿着潺潺湲湲流向下游的河水，我们的"坐骑"时走时停。那随风轻扬的柳絮落进了赖非的眼睛，她流下泪来，一副泪眼婆娑的样子。我好一阵连哄带骗，她才罢休。刚上车子，她又说要尿尿。她确实憋急了，一泡尿尿得好远，一条抛物的曲线落到河中，一群鸭子和鹅转身走了。"嘎、嘎、嘎"的声音，不知是鸭和鹅的叫声，还是赖非的笑声。

狗　殇

　　我从未见过一条活生生的动物的生命，在那么短的时间内突然就奄奄一息起来，然后只留下一堆骨头，爬满褐色和黑色的蚂蚁。

　　这是第一次！

　　一条有着黑缎般光亮皮毛的雄性狗大约被爱情冲昏了头脑，从北向南穿过十字路口时，没注意到一辆微型客货车正从西向东风驰电掣般开来，"哐"的一声，被车撞了个正着。车子几乎连速度都未减一下，就开跑了。原因太简单不过了，其一，狗的生命确实还未被列入法律保护之内；其二，如果狗主人在附近，闻声赶来，事情可能就没有比溜之大吉简单了。总之，不管哪一方违反交通规则，撞伤撞死一条狗，大约还不会被旁人举报检讼的。我们中国没有动物保护协会，尤其是狗这种动物。因为我们的报上连妇女、儿童被虐待的报道都还没断。

　　即使在相撞的那一瞬间，狗也没嚎叫一声，哼一声也没有。这突如其来的事故把它吓呆了。

　　我右手拉着孩子，从路口的商店出来，以上一幕看得清清楚楚。在那短短的几秒之内，我也呆怔了。在很响的"哐"的一声之后，四周所有声音都沉寂下来，我眼前的景象突然就变成了无声电影一般。

奇迹发生了！事实上，奇迹是紧接着那"哐"的一声之后发生的。用语言叙述一个故事、场景之类的确实很难，再现的可能性极小。当读者顺着语言链往下看时的最初一瞬，在现场的目击者已把所有的情景尽收眼底。这是语言的缺陷，但也是它的特点。具有线性性质的语言可以较为简单地设置迷宫和悬念。

车子刚刚离开，狗就在车子喷出的废烟中，一个鹞子翻身站起来，撒丫子向南跑了。在它被撞倒的公路中间，有一摊红色的血慢慢向四处流动和凝固，像一个心的形状。血中漂浮着几根黑亮的毛。我不由自主地拉紧了我的孩子，然后又把她抱起来，扭过她的头去。害怕这恐惧的一幕会伤害她幼小的心灵。

我早就见过这条黑狗，时常看见这条狗在这片居民区的路上跑来跑去，匆匆忙忙的样子，像一个做生意的人要赴什么谈判桌谈合同一样，害怕丢了金钱般宝贵的时间。不久就知道，这条英俊漂亮的狗那么匆忙是为了谈情说爱的幽会。我家在这片居民区的南边，北边一楼的一户人家中有一条雌性的花狗，黑白相间，看背影竟有些像国宝熊猫，可见其肥胖。这一点，"要得俏，一身皂"的黑狗倒毫不嫌弃，毕竟这肥硕的花狗显得丰腴和温柔。它们的爱情活动还处于地下阶段，花狗的主人不愿意自己家中徒增几张狗嘴，比奉行"It's better to have only one child a couple"还厉害，用的是"留住闺女，不做外公"的禁欲主义，所以花狗脖子上常系一根铁索般的项链，严禁外出。一次花狗偷跑出来和黑狗幽会，被主人撞见，怒不可遏的主人随手拾起地上的一截砖头就砸向黑狗。黑狗只好夹着尾巴，老大不情愿地跑了。一边还频频回首，不知是恋恋不舍呢，还是害怕那一脸月黑风高的"情敌"，手提木棒之类的追将上来，对自己来一番"武器的批判"。

在阳台上看邻居家的这个"家丑"，我还心想，有一天，这对罗密欧和朱丽叶忍无可忍，携手私奔，看你这倔驴般的老头儿还有什么气可生。

一边把这些"过去的事情"在脑子里乱过，一边抱着孩子，紧靠着狗逃命的路边回家。谁知道开夺命飞车的人什么时候才学会"打狗还要看主人"呢！小时候，听老人们讲，狗有九条命，但愿这条黑狗能大难不死。

事与愿违的事情总是很多，与爱渲染的写文章的人并没有什么必然的联系。当看见黑狗倒在路边的草丛中猗猗哀鸣的样子时，我确实吃惊不小。因为，从它在公路上站起来跑掉时的"敏捷身手"，怎么能想到它会在十来分钟之后无力垂死般地倒在路边呢！

花狗不知怎么私跑出来的，它两只前腿跪在地上，用舌头舔着黑狗头和身上的伤血。我只是在路过时稍微放慢了脚步，并没有停下，这生离死别的一幕太令人惨不忍睹了，何况我怀里还抱着个两岁的女孩儿呢。

但我仍然听清了它们相互间那种类似安慰的、猗猗的低语。与它们的声音不同，它们的眼睛都充满了那么深深的哀痛、悲伤和无助。尤其是黑狗的眼睛，似乎含着泪光，满是对生命的留恋，就那么固执地看着自己的爱侣，连眼睛都不转一下。那种目光，即使铁石心肠的人看了都会心颤。

走了十来米远，我还回过头来看它们。两个可怜的动物就那么紧紧地依偎着，猗猗的声音一直不断。想起世上恶犬的凶神恶煞，对人狂吠状，是不是狗和人类一样，也是"人之将死，其言也善"呢？

晚间，坐在沙发上看电视，突然听见狗叫了起来。伸头往窗外一看，邻居家院中的那条花狗又被系上了铁链。系上了铁链的花狗在地上又蹦又跳，愤怒的高吠近乎疯狂。邻居正把那死了的黑狗悬在葡萄架上，手握雪亮的利刃正剥下黑狗的"皂衣"，一副庖丁解牛、游刃有余的样子，看起来像那个"以屠狗为事"、后又跟着"时无英雄，使竖子名"的刘邦造反的樊哙。

即使在挨了主人家好几木棒之后，花狗也仍然狂吠不止。过了好久，它那嘶哑却高亢的声音才渐渐地低弱下去。

大约是十点吧，伴随着芫荽、姜片、八角大料的狗肉香味飘来，花狗那凄厉恐惧的声音再次高了起来。我看见，邻居把剔去了肉的狗头扔给了花狗，那黑森森的两个眼眶在闪着油光的光溜溜的头上显得尤其大而深。花狗充满恐惧地退缩在院，瑟瑟地发抖。在那凄厉的高音之间，是狺狺的哀鸣。

那一晚，我几乎没有睡着。花狗一直在楼下叫着，还有它徘徊走动时铁链哗啦啦在水泥地上拖动的声音。天快亮时，我听见一阵更响亮的铁链碰撞声和一件重物从高处落到地上的声音。

然后是无边的沉寂和深深的黑暗。

从此之后，我再也没有见过这只像熊猫一样的胖花狗。它拖着一截挣断了的铁链逾墙逃走了。我没有听见邻居的叹息，只听见他那恶毒的咒骂。

从邻居家门口过，不自主地扭头看看那个院角。一截拴在水泥柱子上的铁链不知什么时候生满了红锈，而那堆黑狗的骨头，像一堆踩脏了的雪，爬满了蚂蚁，苍蝇则此起彼伏地飞落着。

第四辑　菊花和剑

远山或玫瑰

　　雷声从远方传来，从有山的地方传来的时候，我却在午后的黑屋子中昏沉沉地睡不醒。这种深入的睡眠对我而言，几乎都在夏天这个燥热的季节。在这个季节，正常的生物钟被打乱了。夜里热得令人久久不能睡去，一身洗而复出的汗黏糊糊、潮乎乎的，躺下一事不做，或坐着看书都不行，连带心情也是那种潮霉得不免沮丧的无奈。唯一的办法，就是一个人待在阳台和嘤嘤嗡嗡无数的蚊蚋作战，一巴掌一巴掌地把来犯的"敌人"拍死。星星在灰蒙蒙的天空中或闪现，或隐退；月亮在云层中穿行，看得见飞渡的云缕在月亮的脸上缓缓地掠过。气压确实很低，弄得人喘气都不免困难。啪，一声很响的声音之后，一晚上最后一个倒霉的蚊子飞溅着自己的鲜血粉身碎骨。这时候，一座座阳台，一座座阳台后的窗户内似乎都异口同声地发出了一声又一声的哈欠。确实该睡觉了，墙上严谨得像英国绅士的石英钟已把手指指到了第二天的凌晨。子夜已经过了啊！在夏天，我总是这样夜不能寐。

　　这一声雷鸣震耳欲聋。我躺在湿湿的、和我的形象一样的汗印中，却仍然没有醒来。这种睡眠是无边的洞穴、无边的黑色的云团。我已经开始挣扎了，我缥缈的意识告诉我（也许根本就是本能），我应该挣扎、反抗，挣扎着醒来，回到光明的领地。这是一个多么漫长的旅途啊！这一口气差不多憋坏了我的肺叶，而我就是无法掀开盖住我眼睛和呼吸的两匹轻盈的羽毛。这时候，紧接着雷声之后，闪电就来临了。雪亮的闪电在这个瞬间把我身处的黑屋子，把我的梦魇照亮。我倏然醒来，身体像是安装了优良的弹簧，迅疾地弹坐起来。我感到这一道强烈的闪电在我的黑屋子中迟疑了一下，或者说留驻了一下。这是关键的所在，因为这闪电的停留，使我看清了屋中我即使闭上眼睛也能知道其形、知道其所在的物什。这些东西和我朝夕相处，可靠而又真实地构成我的生活。因为闪电，我清楚地看见了它们。这使我有了相信自己已醒来的证据。这些物什使我比较对照出，刚才可怕的梦已经消失了，我已安全地坐在我的床上，坐在现实之中。闪电照亮了物体，也照亮了我的心灵。粗重的鼻息渐渐平复下来，捏紧的拳头也像落入水中的土块，缓缓地摊散开来。

我看见了窗帘的起伏飘动。我想起曾经的童贞般的初恋。每一次相见都有不同的感受，都有心超频的跳动和起伏。在那如水的丝绸之下，那是怎样丰盈的波涛？我的处子般的心在那样的时刻，就像橘黄色灯光下水杯中的红葡萄酒，在歌声中，在我的手中漾起迷人的气息和浪花。我有了这些回忆和联想，那些幸福美好的爱情使我差不多听见那丰盈的波涛汹涌的声音，那丰盈的波涛中一枚紫红的草莓之晕长大的声音。这不免使我伤感。怀想总是使人伤感，尤其是怀想流逝了的爱情。

我从床上下来。这座阴暗的房子和刚才发生、至今仍余音袅袅的梦境使我迫切地想看见阳光和天空。其实这时候根本没有阳光，天空中只有苍老的浮云和遥远的声音。

站在石头的拱廊下，背负石头上那些优秀的纹理，我感到了凉爽的快感。我不知道那石头微甜的味道是在哪一道山谷中弥漫。当我的手指在这些细腻纤美的刻纹中滑动的时候，我一时竟不能得出，是山上原始的石头更接近艺术和生命呢，还是这指间的精雕细刻更接近艺术和生命。但我可以肯定的是，山野中石头的锋利和这雕琢拱廊的钢刀同样深入了我的内心。

我寻找天空的方向，但却没有寻找到闪电在天空停留的地方。遥远的声音中，闪电无影无踪。那真实的闪电从梦中把我唤醒，现在却了无踪影。我为此产生了疑虑。这种疑虑使我沉重的头颅不知何去何从。经验告诉我，人在死睡之后，缺氧的、供血不足的大脑确实不知去向。

我无法想起，也就永远不能知道，是谁点亮了我那黑暗房间中的蜡烛。我只看见那双秉烛的手在黄色的、一团混沌的光晕中时隐时现。我被这秉烛的手指引，我重返我梦的屋子，在这双纤细之手秉持的烛光中，闪亮的丝绸在黑暗的背后飘响。那是一团用雪手塑而成的瓷瓶，它幽幽的光泽使我想起冰峰上熠熠闪烁的月光。而冰雪为冠的山峰中只有雪莲，没有玫瑰。雪线下降的声音中，雪白的瓷开始龟裂。在这如雪的花瓶中，宛若红霞的夏日玫瑰零落飘飞下来，在黑漆的桌上发出微微的叹息。那只和我一起守留如水年华的猫从我的脚边走过，时走时停地消逝在黑暗中。

在那残雪的废墟上，在那坍圮的碎瓷中，夏日的红玫瑰在风中做着最后的美的抵抗。一朵朵玫瑰都向我、向着生命最后的闪光微微地、不断地欠起身体致礼。

其实根本没有秉烛的手，没有蜡烛，整个房间中也都找不到一点蜡泪。只有玫瑰，在我混沌的时刻，以微弱的光焰照亮了可能的景象。

一枝玫瑰、一支蜡烛可以在自己的光焰中睡熟，而人，而我却不能够在自己的生命中不醒。

花瓶中的水散发出苏打的味道，在黑暗中滴答滴答地落下来，那水珠在桌上绕过玫瑰，绕过瓷的碎片，在玫瑰的光焰中一闪一闪地亮着……

远山呢？远山的溪流、瀑布、雨滴是不是也是这样向我如此深情地召唤？

洗 礼

那是一道古老的城墙，不知在日月风雨雪霜中站立了多少年。

暴风雨就这么来了。风雨的鞭子猛烈地吹打着这截土墙，闪电之中，带着尘土泥流的雨水混浊地从墙上流下来，像是苍老的泪水。墙上稀疏的草在雨水的冲刷下露出了红色和白色嫩嫩的根须。它们的叶子被雨水打在泥墙上，像是挣扎的手，和根一起拼命地抓住自己即将崩溃的依系。

这是一场亘古未有的大暴雨，那些在城墙上优哉游哉觅食的虫，一些被突如其来的雨水冲走，一些躲回自己的洞中，躲在漆黑的梦魇中不敢轻举妄动。在它们不停的颤抖中，它们感到它们祖祖辈辈赖以生存藏身的大土墙在这巨大的暴风雨中摇摇欲坠。

有一棵巨大的树在土墙上用尽全身的力气挺立着，它那葳蕤的树冠在风雨中翻飞着翠绿的叶子。它的身体总是在接近脚下的城墙的那一刻，又奇迹般地挺直起来。那些鸟，那些刚躲回鸟巢的鸟惊惶的叫声从树上四散着渐渐小去。后来它们就不再惊叫了，在树茂密宽厚的叶子下，鸟们安静下来。

这时候，沿着城墙徒步的我正走到一座吊脚的草棚前。破败的草棚中雨水如注，顶上的草如乱发飞扬。我爬上了草棚，在雨水的缝隙中，我紧缩着身体。抬头仰望，漏破的草棚顶上一片灰蒙混沌，雷的轮子接连着轰隆隆地碾过，裂开的天空的纹线雪亮如剑，把我的双眼刺伤。我不知道是雨水还是泪水从我的眼眶中流出来，把我的脚背砸得生疼。我全身冰凉，只有两只眼睛热得发红。浮着树叶、草和虫子的水在迅速升起来，从漏顶上落下的雨水在水面上冲砸成无数的涡洞。水荡开的波纹胡乱地交叉在一起，搅成一团无法理清头绪的乱麻。在这水的蛛网中，乱七八糟的草、虫和叶子等东西载沉载浮。雨的缝隙越来越小，我无力地跌坐在空中的棚架上，任雨水在自己的头上、身上倾泻无遗。吊脚的棚屋在暴风雨的肆虐中发出吱吱咔咔的呻吟。

我的眼睛，甚至于我的大脑和思维，被雨水，抑或泪水弄得模糊不清。我只是看着它们从土墙中慢慢地出现，我连去猜想它们是什么这个念头都没有。这个时候，我确实思维混沌不堪，茫然不知所措。

但我看见了它们，或者说它们呈现在了我的眼前。古老的土城墙在这场巨大而又持久的暴雨中终于开始一点点地崩溃了。黑黄的泥土化成泥浆流向墙侧的低洼处，土墙以人的肉眼可以察觉的速度逐渐矮小下去。我下意识地抬起手来，擦去我的眼中、我的脸上清凉透明的液体。这时候，我看见了那些白色的物体从黑黄的土墙中露了出来，像是四散的闪电的碎片。后来，只是到了后来，随着土墙慢慢地消失，我才知道这白色的物体是人类的骨头。这些骨头呈现了人类本身骨骼的结构。在土墙厚重的底色上，一具具骨头横七竖八地分布着，动作形态不一。透过灰蒙蒙的风雨之帘，我面对的整个情景让我感到自己面临着一个巨型的超现实主义的艺术作品——自然纷乱的骨头像是汉白玉的浮雕，在这土墙上扮演着历史、生命、爱和恨的史诗剧。

我的双手紧紧地抱着草棚的木柱。苍茫的旷野无边无际，树、村落、城郭、远山在烟雨之中朦胧一片。雷声、风声、雨声混杂交响，闪电一次次把这恐惧的声音、把旷野和天空照得雪亮。重浊浓混的雨雾顺着风势向着远方弥漫。古老的土城墙早已脱尽了草的外衣，在风雨中无可奈何地消退着，那微弱的抗拒在暴风雨中显得那样无济于事。

一个雪白的头颅从城墙上骨碌碌地滚了下来。墙脚下的水为这个头颅让开了一个洞口。头颅从这个洞口转瞬即逝，然后是如花的气泡浮上水面。气泡在雨中凋谢之后，水面又完好如初了。

我不知道过了多长时间，当我再次捋去我眼睛上的头发，抹去我眼中的泪水和雨水之后，我看见足下，草棚的四周，无边无际的原野上已是水乡泽国。一片汪洋之中漂浮着雪白的头颅，宛如盛开的白莲花。它们漫游着、簇拥着，在闪电之中，它们空洞的眼睛和嘴巴显得更加幽深而不可探测。

我的惊讶可想而知！我弄不清楚这无数的头颅是不是都来自土墙，还是一些来自土墙，一些来自被这场雷暴雨冲刷浸泡得松软了的大地。

有好几个头颅就在我栖身的草棚下。我听见它们在草棚的木柱上碰撞着，发出了空洞的声音。闪电照临的时候，我甚至看见了这些头颅上的剑洞、弹洞、裂纹和凹坑。草棚像是一株露出海面的珊瑚礁，被无数的白色头颅包围着。这真切得犹如梦幻的景象弄得我魂飞魄散。我睁眼看着这一切的来临和推演，我无法告诉你们这是不是一个寓言，或者一个童话。因为接下来的一切，连我自己都不再相信自己的眼睛，不再相信现实和梦幻的差异，不再相信视觉和想象的关联。

汪洋中漂浮着的头颅突然间都沉入了水中。头颅消失了，而我却看见无数的手，准确地说是无数的手的骨头，在同一个时间中从水中举了起来，动作整齐划一，像是有人在这些手的关节间安上了遥控的开关，在一个无形的指令下，这些手都一律机械地举了起来，这个动作重复了多次：头颅沉没，手举起来；手沉没，头颅露出水面。每当手放下的时候，掌声就响起来。雷鸣般的掌声盖过了风暴的声音，在这无边的天地间经久不息。

在这响彻天宇的掌声中，我的双手缓缓地松开棚屋的木柱，瘫软的身体被恐惧和虚弱平置在棚中，在上下牙相撞击的声音中，渐渐失去了知觉。

……

当我从昏死中醒来的时候，暴风雨已经停息下来了。太阳不知从哪个方向升上了天空，水已经退去，雨后的天空没有一丝云影，原野上一片宁静。那些头颅、手及身体都重又回到了历史，回到了土地之下，但仍然泥泞的道路上还留着它们的脚印。那些树、玉米叶、草上的水珠正一滴一滴地在空中划过，落到地上。鸟儿飞来飞去地欢叫着。它们的翅膀扇动着金色的阳光，阳光也就在它们的翅膀下一闪一闪地晃动着。

我是随着鸟儿飞翔的方向，才注意到土墙的遗址的。我糟糕的记忆力使我忘记了曾经的土墙。在这史无前例的大暴雨中，土墙被冲刷殆尽。如果不是土墙消失后那还没有长上野草的遗址，我根本不能确认这地方还曾耸立着一道古老的城墙。在暴风雨和洪水之中，土墙已被夷为平地。

树仍然站在那里，树的根须已穿过了土墙，扎到了真正的大地上。雨后蓬勃的大树在阳光中散发着清香宜人的气息，那光洁明亮、青翠欲滴的叶子迎风轻摇，跳跃着闪闪的光斑。鸟儿就是向着这碧绿的大树飞来的。鸟儿欢乐的叫声此起彼伏。它们童话般透明的眼睛和晶莹的雨滴难以区别，在树叶间都闪烁着动人的异彩。

我看见了那个彩色的陶罐。在土墙的遗址上，美丽的彩罐仅距大树丈余。一切都被洪水冲走了，只留下了大树和陶罐。我从棚上下来，一步一步走过去。在清新的空气和阳光之中，在这空旷的土墙遗址上，圆圆的陶罐那朴素古拙的样子像一个历尽沧桑的人，没有了外露的锋芒，却饱含着内心的智慧。

　　陶罐上的鱼开始了自由的游动；陶罐上农耕的人们和牲畜也开始了劳作、播种。雨后清凉湿润的风在陶罐边旋转，我听见了轻柔的风声，也听见了潺潺的水声。我把陶罐倾侧着举起来，一匹雪亮的水倾泻而下，透过水帘的阳光呈现出七彩的虹霓。

　　即使水已完全倒干净，深入泥土，这空中的虹霓还在陶罐向下的口边停留了好几秒钟。

遥想苹果园

苹果园在桥的那边。一孔石头的古拱桥上车辙隐约可见。桥栏青中泛红，在这早晨的熹微中闪着幽幽的光泽，使人有一种古老的历史在这官道的桥上歇足的感觉。不知有多少别离的人和行吟的诗人曾站在这桥上，把栏杆拍遍。

小楼的窗户洞开，我乘坐风的翅膀来到这里，在桥上敛起散开的羽毛。桥下潺潺的水声中有白色的苹果花随波逐流，如香雪流芳。

我在流水的气息中如痴如醉，清凉的风声包围着我的梦境。我点数早晨的露珠，轻盈的身心如羽如叶，一路飘向果园。桥头大柳树叶上的露珠，河边水姜花蕊上的露珠，河水轻轻飞漱的水沫，指引我来到苹果园的花季。

河中水的轻雾升起在果园的天空，舒卷漫游，如秋雨后大晴的白云。我曾经在河中捡回过三个白如玉石般光洁的石头。梦中的白石头此时就悬在果园的天空，被神灵抽去了重量。

我轻轻推开木栅门的声音仍然打断了狗和鸟儿的梦境。鸟儿在我的头上盘旋鸣唱，狗狺狺地叫着和我一起抬头仰望鸟儿扇动或静止的、五彩云霓一般的羽毛。鸟儿闪亮的眼睛在飞翔时，让我想起那夜间奔跑的流星。狗在我身旁忽前忽后，忽左忽右，它摇动尾巴和耳朵时，湿润的土地上仍然干净如常，找不到它昨日夜晚的情景。

我想，我应该听见歌声，听见守园老人苍老浑厚的歌声才对。我听见他唱过歌。老人的歌声越过清澈的河水，飘向我紧关着的窗户。那个黄昏，我的窗户在老人的歌声中终于艰难而又沉重地启开了。歌声、晚霞、河面上粼粼的波光、桥头大柳树的叶子在晚风飒飒中的响声、鸟儿的鸣叫声把我居住的小楼轻轻举起，犹如海上的船随着潮汛一起浮升。那是我第一次知道窗外的远方有一座开花的苹果园，窗外的墙上有一片爬上天空的、站立的葛藤，那翠绿的叶子在老人的歌声中摇曳翻动。

是守园的狗把守园老人找到的，但还没有找到老人的歌声。老人须发白如垂落的溪瀑。闪亮的锄头在他粗大的手中举起又落下，头上蒸腾出如絮的白烟，像是长长的白发随着老人劳作的起伏而缭绕四散。

在果园深处，老人翻地的声音有力地摇晃着整个果园如雪盛开的花朵。花朵睁开了花瓣的眼睛，晶莹的露珠中，每一朵苹果花都为自己迟醒的睡梦脸飞羞色。

老人的歌声响起来的时候，我已来到果园临水的小码头。石条堆砌的码头上还残留着夜色吹拂的湿润，面向东方时，便可看见石梯坎上有清亮的光泽闪烁。我坐在石梯坎上，狗偎在我的身旁，老人的歌声粗犷而又动人心弦。顺着河水飞来飞去的鸟儿在那歌声升起的地方，在天空静止着痴情地倾听。

太阳就在整个果园沉入歌声的情怀中不知不觉地升了起来。通红的朝阳照亮了我清瘦苍白的额头和苹果园梦幻般的枝叶。每一片苹果树叶都闪耀着毛茸茸金色的光边，白色的花朵在阳光中透明如白绸。老人已停止了歌唱，但老人的歌声已融合在阳光之中，在苹果园清纯芬芳的露珠上熠熠闪烁。

守园的狗从倾听和遥望中回过头来的时候，再也没有看见我的身影。在老人的歌声和果园初升的朝暾中，我无声地羽化。一群云团般的鹅顺流而下，我就踩着蕨草的叶子，躲藏在鹅群之中，离开苹果园回家，青苹果在白色的桌上等待我从梦中醒来。它芳醇的香气从遥远的果园长途跋涉而来，穿过无边的尘埃和噪音，守身如玉，教我歌唱和珍惜，教我热爱和执着，教我童话和寓言。

梨及刀子

我肯定找不到第一次吃梨时的感觉了。因为连在什么地方、什么时间第一次吃我都无法回想起来。对于这第一次吃梨时的场景，我真真是忘得干干净净。

当然，如果我第一次吃梨时还是一个没有思维、智力和记忆的婴幼儿的话，我现在想不起来似乎倒还情有可原。而这个假定成立的可能性较小。在我家那个地方，一马平川的川西平原不产梨。何况小时候我家穷得连吃饭都成问题，所以每隔多少天吃一顿干饭之类的都有极严格的规定和计划。

事实上，我连我可以记起来的第一次吃梨都没有丝毫印象了。

天还没有亮，屋外有风，呜呜地，叫一会儿停一会儿。我冷不丁想到了梨。我想知道自己第一次吃梨的滋味和感觉，但不能够，所以睡不着。这时候，一股梨的清冽的气味在我的睡屋中若有若无地飘游着。

我起来，穿了衣服，到客厅，坐在沙发上。茶几上的果盘中，四只硕大的梨像四个兄弟紧紧地靠在一起，一把镀铬的不锈钢刀子就横在它们的脖子上，在灯光中闪着灼目的寒光。这刀子是几年前一个朋友送给我的，上面有"U. S. A."的字样。

我伸出手去。那最初的想法是因为渴意，继而才是重温、才是

103

报复、才是满足、才是补偿。那穷困的童年使我和别人一样，总是要蹈入心理学的辙中。欠缺的过去刺激现在自己"有权"时的占有欲。

在空中，在梨的头上，我的手停住了。满含的渴望像空中的布，风恶作剧地闭上了嘴巴，布稳不住身体，打了个跟斗，一下就垂了下来。那是几岁呢？总之是在上小学，我不知从什么地方翻出了大姐小时候的语文课本。大姐早已无书可读、无学可上了。她的年龄大约正是母亲为她的婚事开始"才下眉头，又上心头"的时候。书中有一课是《孔融让梨》。整本书我都从头到尾地读过，但我只记住了孔融让梨这个故事。我上小学的时候，课本中净是些地主偷辣椒、千万不要忘记阶级斗争之类的。所以一找到什么书，哪怕是一本破旧的语文课本，我都要从头到尾地读一遍。

一只梨积蓄了一千多年的道德认知，所以它给我的味道至今记忆犹新。谦让，包括温良恭俭是人类的美德，中国人更懂得之所以如此的理由和结果。哪怕那时的我一边嘴唇嚅动读《孔融让梨》，一边不住地伸脖子咽口水，仍然觉得孔融的伟大和了不起。当然，我四岁的时候，并无梨可让，否则也可孔融一次。传不传之后世且不管它，大人们的几声夸赞虽不比梨的味道好，但也许夸赞之后，仍可拿个大的，那几声夸赞岂不白赚。现在真是时代不同了，孩子是"皇帝"，皇帝当然是指什么要什么。不知有价，只要大的。

仍然是小时候，父亲告诉我，孔融是被曹操杀了的。后来才知道，孔融作散文，犀利简洁，多讥嘲言辞，触怒了曹操，所以献出了自己宝贵的生命。

挨千刀的曹操！孔融这样谦让的楷模，你都容他不过，难怪在书中、戏台上你都要被画成奸诈的白脸。你杀了孔融，给你这种待遇，你有什么可埋怨的？

我真的想不清楚，孔融是该算作为中国传统文化教育成功的例子呢，还是失败的例子？

我把刀子从梨上移开。刀子在淡紫色的玻璃盘上碰了一下，发出一声冰裂的声音。这声音在这寂静的黎明里显得特别的突然和刺耳，一下就射入我的心中，使我忍不住那么寒寒地一颤。似乎像这声音的回声，我的上牙和下牙碰在一起，把铁和玻璃的声音低下来，然后吞下去。

从形状、大小、色泽上看，这四只梨似乎是一棵树上摘下来的四胞胎兄弟。当然，这是猜测，因为即使这个地球上相距万里的梨，只要它们的祖先相同，它们的形状大约都不会相差太远。西谚形容两种相像的事物，说是像得像两粒豌豆。但他们又说，在同一棵树上找不到两片相同的叶子。这两句谚语说明了这样一个真理：认识事物的角度不同，其结论也不同，甚至相反。

四只梨同样地属于东方人的肤色，脸上也同样地长满了那种与生俱来的雀斑。雀斑细而密，不像夜空中的星光那么大、那么灿烂，给人的感觉是害羞。梨上的雀斑不算是那种破相的缺陷，倒算是一种点缀，像是印度女人头上的纱丽，予人一种美的神秘感。我不敢想象梨没有了雀斑该是什么样子。如果愿意，你当然可以试试，譬如用锋利的刀把梨的皮削去。这时梨的衣服脱得一干二净，如果用"冰清玉洁""洁身如玉"来形容，那大约与吃花酒的人逢场为身旁的陪酒女写情诗一样，实在是无聊和下作，臊红的脸只是借着上脸的酒力掩盖罢了。事实上，当我想到这些，就有一种犯罪感。我想，你们也一样，文化确实厉害，当梨不复为梨，当梨有了象征，连赋予它象征的人都不敢伤害。

其实，即使这四只梨曾经挂在同一根枝丫上，又怎么样呢？它们那么多的兄弟都已四处流散，无法寻找。它们拥有同一棵树、同一根系。那根曾经整日整夜地在地穴、石缝间拼命吮吸，来哺育它们长大。现在，它们却离开了那个称之为母亲的地方。它们比我们更深地知道那个忌讳：分梨——分离。从空中落下，它们就知道那将是它们永远的分离。所有的梨都再也回不到过去的枝头。那些绿色的叶子，那些珍珠般的露珠，那些蜂鸣和鸟叫，都已成为梦想，又逐渐被尘封。常常，梨们满怀甜蜜的水，却仍然焦灼和渴望。

我关掉灯，让窗外微弱的熹光从秋天的黎明来到这空落的屋子。梨的身体若隐若现，那旁边的刀子似乎也像一根火中的木条终于熄灭，寒凉的火焰被自身和微明的夜色吞敛干净，只剩下一截灰烬，雪白，却无力和朽弱。这个时候，四只梨才和在枝丫上一样，梦回往日的时空，自由而又放心地闭目安眠。

而我，我呢？在这个黎明，我的心像沁凉柔软的丝绸，被一把刀子从中划过，若有若无的刀痕隐隐疼痛。爷爷、奶奶、父亲、两个姐姐，还有许许多多昔日的亲人都已分离，都已走远，都已不能再见！

弯曲的香蕉

别人有没有这样的经验，我不敢肯定，我敢肯定的是我有这样的经验和感觉。当然，这种感觉并不是每次都是如此。一个人的感觉需要环境和心境，人的感觉常常遵循着"物质和精神"的互动和转换，所以人的感觉在不同的情况下会因你的别无选择而身不由己。

对了，我说的是香蕉，准确地说是粉芭蕉（M. paradisiaca var. sapientum），果形粗大。而植物学家称为香蕉（M. nana）的那种，果形则小得多。

几乎每个人都吃过香蕉，几乎每个人都剥过香蕉的皮。当然，两个热恋的情人在一起时，上述情况可能有所不同。据我的观察，倒常常是男的剥下香蕉的皮，然后放到女的嘴边，动作温柔。而女人微微翕动着的嘴唇更是温情脉脉。

哈，爱情至真至纯的境界。

就我个人而言，许多次都是这样，当我剥下香蕉的皮，我就有人类脱下衣裳的感觉。甜而腻滑的香蕉在我们的嘴里、我们的舌尖化开，然后变成浓浓的液体，流过我们弯曲的食道，到达胃部，这一系列过程进行的同时，我始终认为，食香蕉者就应该有了象征，人类自身，亦即你、我、他，男人们和女人们的关系，还有人类和水果的关系，就亲切了一步。我们知道，爱情诞生战争，也诞生和平。而因香蕉所产生的爱情，却是和平，或者说离和平更近。如果你不相信此点，那也无所谓，连鲜花都曾引发了战争。对于香蕉，我们还有什么可责怪的呢？

我们都曾目睹那白色的香蕉一步一步迈进人类的红唇和白牙。一个童话说，在一个漆黑的夜晚，一个男孩子剥去了香蕉的皮，举在空中，他看见一缕月光在香蕉中流动，还有星斗，在这条月光河中，星斗如鱼一般自由地遨游，相互间碰出叮叮当当悦耳的音乐，金属般的音乐。

这当然是童话。事实上，给我们印象深刻的是那白皙纤细的手指，指甲上涂着红色，或珍珠色荧光闪闪的蔻丹。这只手握着香蕉的柄，犹如温柔的抚摸，让人担心那香蕉会从这只手上落下来，在地上摔成一摊泥。想到这些，你也许就会有一种幻觉，就是说，你似乎听见香蕉因疼痛发出了惊呼和呻吟。其实，这只手仍信心十足地握着香蕉，姿势优雅，即使有人争夺，这只手也不会轻易地松开放弃。

为了讲究卫生，不让我们手上的病菌侵染到香蕉上，我们常常不剥去香蕉皮，而是让香蕉皮像花瓣一样散开在香蕉的四周。我们捏着香蕉的柄部，让柔软的香蕉皮自然地垂下来，犹如头发，或者让人离奇般想到水湄边蜈蚣草之类的蕨类植物。随着我们把香蕉送进口中，或者移开，然后说话，香蕉皮又像那飞翔的翅膀，在空中上下扇悠。真的，甜和水意让我们对香蕉的敬意油然而生。

还有一种情况不容我们忽视。可以说，这是香蕉另一半的生命状态。这种状态的香蕉体现出我们中国文化推崇的那种时空观和虚静精神——静若了群动。

在一只竹篮，或者在一个玻璃的果盘以及各类材料的容器中，一挂香蕉没有分开，它们把手叠在一起，显示出一种宗教的仪式，其内容不与外人道。据我的胡乱猜测，大约是许愿和乞求。其实这是一种表面的假象。这种假象让我们误以为它们只是一只只手，满含渴望等待的手。因为等待中的手总是那么安静地弯曲着，带着蒙娜丽莎那双手的成分，给人的感觉是柔软无力。

在水果面前，在香蕉面前，我们常常自豪地把我们置于强者的地位。而强者却在某些时候、某些地方软弱得像一个孩子。尤其是从战场上归来，伤痕累累的英雄、决斗者，他们的眼睛、手臂，以至全身，看起来都更像婴儿。强者都很孤独。离开大庭广众之后，他们会更强烈地盼望爱情，盼望理解。而香蕉，在强者的这种时候，会让强者误认为香蕉会给自己安慰，会给自己温柔、安静的抚摸——哪怕是那么轻轻地一握。而强者的这种愿望注定要落空。当强者明白过来，连强者本人都为自己曾有的幼稚想法而脸红愧悔，甚至恐惧。我们知道，香蕉的历史其实就是被我们人类吞吃、戕害的历史。香蕉恒河沙数的兄弟姊妹被我们变成了最低贱的粪土。我们有什么理由还要求香蕉给我们那样温情的礼遇。人类实在是贪婪！非分的要求层出不穷。

一旦想到这些，我们，至少我就有这样的预感，终有一天，香蕉会从篮子中站起来，绷直它弯曲的手指，在我们的脸上抽一个响亮的耳光，打得我们的血从牙缝流到嘴角，让我们曾经吞嚼过香蕉香甜的嘴巴，也尝尝自己的血的咸腥；或者香蕉狠狠地攥紧拳头，给我们一记漂亮的重重的直拳，打得我们踉跄几步，甚至躺倒在地，瞪大着眼睛，说不出话来。

这当然是想象。在这个秋天的夜晚，我全神贯注地做这一次关于香蕉的梦幻意识的旅行。几乎没有快乐，有的只是沉重。沉重啦，孤独啦，是现代人的一种时髦症。我也未能免俗，或者说免疫。当我写到这里，我以为这篇潦草的文字可以结束了，我抬起了头，伸了个懒腰，我面对的窗外，有一轮月牙笼罩在苍黄的晕光中，真的很像一只香蕉。我竟不由自主地感到，这轮月牙正在慢慢地伸直，我的脸感到那种手掌扇刮起来的风正迎面扑来。

最后，我提醒你们注意香蕉皮。讨厌的香蕉皮对我们四处设伏，虎视眈眈地伺机以待，随时准备给我们一个四仰八叉的欢迎。

顺便说一句，与香蕉相比，我更喜欢粉芭蕉。虽然粉芭蕉的味道、口感没有香蕉好，但小个子的香蕉却予人一种不健康男人的感觉。

橘子和蚂蚁

也是秋天，但比现在早一些。我在四川老家，步行夜归。

收过水稻的田野中，黑黝黝地站着矮而壮的草堆。还有一些在河边，或者田埂上，围着树干手拉着手。还没干的稻田向水渠中沁着水，一滴一滴地，落到水面，像钟漏，像一架时间机器，我的足一踩上这声音，我似乎就回到了古老的时间，回到梦幻之中。

我想我应该听到钟声才对，夜里的钟声在秋天总是必不可少。这么想的时候，钟声就响了。我回过头去。我知道这是宝光寺的钟声，夜里的，称为幽冥钟的钟声。在川西坝，以至全国，宝光寺都是一座很有名的禅密合一的寺院。几年一次的大道场，吸引和会集着全川及全国各地的僧尼禅者。宝光寺的名声越来越大了，但它的钟声还像过去一样，悠悠的声音，让夜行的人驻足，让夜话的人闭上嘴巴，接受这声音的洗礼。在那一刻，不管是多么混杂、多么沉重的人心都会像晴朗的月色，一片空明。

宝光寺离我家五六里地。

那个夜晚，月光并不十分好，但星光好。在我的记忆中，那一晚应该是我所见到的，星光最好的夜晚。

这么好的星光，我当然就有了不急于回家的理由。我坐在我家门外青石头砌成的堰桥上。钟声就这么从西南方向传来，一下一下地，那些天空中的星子在星空中闪烁。我仰着头，我想我应该闻到橘子的芳香才对，结果没有。这个季节正是橘子成熟采撷的时节。我家村北有一大片橘园。在四川，许多这样的橘园在夜晚都散发出那种醉人的清香。我家院子中也有两棵橘树，就在那天上午，我还摘下了三四个给母亲和自己吃。

这一点确实是我奇遇的最初疑点。因为那晚我并没有患感冒鼻塞之类影响嗅觉的毛病。而且我的鼻子向来都出奇的灵。小时候，因为总是准确地闻到奶奶在灶房煮炒什么好吃的东西，而从玩耍的地方闻味跑回家中，其鼻子被奶奶"尊称"为"狗鼻子"。这真是对我鼻子崇高的、史无前例的评价，实在是难得的殊荣。从小到大，我都心胸宽广，抱着"吃亏是福"的宗旨，所以也就与鼻窦炎无缘。耕云先生曾说："小气的人易得鼻窦炎。"

想这些问题的时候，我的头一直低着，看着渠中水面上的星光和那几近于无的月色。或者说，我并没有看，只是这些景象映现在我的眼睛中罢了。我常这样，想什么问题的时候，我总是不由自主地走神。待我回过神来，我抬起了头。我所看见的，按我奶奶的说法是：撞了鬼了！

无数的蚂蚁，就从渠中的水面上，像是沿着一条线，笔直地向上爬着，爬上天空。我几乎望不见这支队伍的头。天空中，那些闪闪的星斗逐渐变得大而浑圆，像橘子，真正的橘子。蚂蚁们爬上天空，似乎是为着它们的希望在做着艰苦卓绝的努力。人类可以称之为幻想，而对于这些蚂蚁，也许就是现实生存的必需。它们要啃食满天的星斗。这些星斗，就是它们从我们人类手中难以得到的橘子。如果这个伟大的设想产生于它们的头领的话，那真是一个具有划时代意义的事情。这个例子，几乎不再让我怀疑那些曾经和现在的领袖的智慧。

那天上午，在我家院中，母亲让我把沿着橘树干上爬的蚂蚁弄死。说是这个时候的蚂蚁坏得很，它们会把树上的橘子糟蹋了，弄得橘子千疮百孔的。一上午，我都坚韧不拔地与蚂蚁作战，认认真真地把来犯的蚂蚁用我的烟头和食指歼灭之。难道，难道这爬向天空的蚂蚁是上午那些死去的蚂蚁的精灵吗？这个突如其来的想法差不多弄得我魂不附体。我想我应该马上回家才对。

我推开了我家的院门，木头的门斗发出吱扭的声音，好响。反身关上院门之后，我轻轻地舒了一口气。家总是给人一种安全感。这点大家都有同感。我想，在院中，即使一队蚂蚁在我的头上横空走过，我也不会张皇和恐惧，最多是好奇。

确实是因为刚才那爬向天空的蚂蚁，当然还有上午那些死去的蚂蚁，我抬头看了看院中那两棵橘树。橘树的叶子正面光滑深绿，看起来有一种厚实的感觉，像玉一样，令人怜惜。另外，从物理性质说来，橘叶与玉也有相似之处，没有韧性，易碎。那晚，有暗暗的秋风，我家屋顶上的狗尾巴草摇摆得更欢乐些。只有那三只水泥、沙子雕塑的鸟在屋顶上一声不吭，一动不动。两棵树都一样，在树梢的枝丫间，玉一般的叶子在夜凉如水的秋风中徘徊。它们的足步也发出玉一般的声音。我看见了蚂蚁，所有的蚂蚁，它们在叶子上优哉游哉，似乎乘坐的是月牙船。我甚至看到了蚂蚁们那天真童稚的表情。这表情就像那两岁的孩子坐在电视机前，歪着头看日本动画片《机器猫》。它们满脸惊奇，而又满脸喜悦，手舞足蹈，那心花怒放的样子就像过什么盛大的节日。

好大的星斗啊！伸手可及。这些蚂蚁在星光中，眼睛闪闪烁烁，异彩纷呈。在橘树上，这无数的眼睛和真正的橘子混同一起，难以分辨，一起在风的轻波细浪中摇动。

我就在树冠之下，我的头碰到了叶子、蚂蚁和橘子。我听得清清楚楚，蚂蚁们惊喜的声音和人类拥抱幸福时的声音别无二致。它们为能接近天空、接近天空中的星斗，能闻见星斗橘子般芳香清凉的味道而身心激动，不能自已。刚才，我还因那些神奇的蚂蚁而恐惧，现在却不了。我真正安静下来。这景象把我变成一个好奇的小孩子。我只是沮丧和羞惭。那神情大约有些像咬着手指头、望着别人手中的油糕的孩子。我不能像蚂蚁一样，不能走向天空，不能在玉的叶子上散步，不能闻见星斗的气味。这时候的我一败涂地，自悲的情绪在我的身体的所有角落蔓延，尤其是心灵，那是最为惨重的地方。我有一个想法，或者说渴望——恨不能立地成蚁。

第五辑　怀乡之烛

哪里看鸟

　　大约是在城市水泥和钢铁的丛林中，鸟儿即使早起，也找不到虫吃，所以鸟儿们就远离了城市。城市中那些神奇幻妙的灯光再也不像天空的星星那样吸引鸟儿了。鸟儿们长年累月的经验告诉它们，城市的美丽对它们的生存来说，实际上只是欺骗的虚幻和真实的伤害而已。

　　在城市，偶尔一次看见鸟、听见鸟鸣，都是难得的幸运。而在前年和去年冬天，我看见的却是两只鸟的尸体。两只冻饿而死的麻雀死在阳台和楼梯口，像两个浑圆的褐色土豆。这种残酷使我对城市、对冬天总是耿耿于怀。那些天我闷闷不乐，满身心都充满了悲哀。在那鸟的尸体暴陈的位置，我连看一眼都心惊胆寒。

　　两岁多的赖非和我一起看见了楼梯口那只死了的麻雀。在她伸出手想去捡拾鸟尸的时候，我差不多有些神经质地拉开了她。那一刻过去了好几分钟，我的心脏都还在紧张地跳动。我惧怕死亡了的所有动物，哪怕是曾经有着美妙歌喉的鸟。对于鸟这种曾经美丽地存在过的动物，我是以身体的远远躲避，在心灵中哀伤的。两岁多的孩子对于一只死去的鸟的心情如何，我不知道，我从赖非眼中看见的是惊奇。大约两岁多的孩子对于发生在自身以外的任何变故，哪怕是可怕的变故，都还不会把自己弄得恐惧和悲伤起来。

赖非对于鸟的认识当然不是始于这只死鸟。在这之前，她是通过画书和电视来认识鸟和关于鸟们的世界的。作为父亲，我何尝不想让她在自然之中认识各种各样的鸟。美丽漂亮的鸟对于幼小的心灵具有善和美的助益，但我却无法做到。我生活的这座城市没有青翠的山，哪怕是小小的树林甚至连动物园也没有。郊外是一马平川的平原，黄河在一百里以外。因为太远，赖非还没有见识过那水上的野鸭和河上难得的鸥雁。在这座城市，即使我也只见过天空中的鸽子和一些叽叽喳喳的麻雀。

我有一盘磁带，上面有一首罗马尼亚的著名曲子《云雀》。当长笛吹出云雀欢乐的鸣叫时，我告诉坐在我腿上的赖非：这是鸟儿的叫声。在她侧耳倾听云雀美妙的歌喉时，她那圆圆的小脸上闪烁着那么可爱的憧憬和惊奇。她从没见过有着美丽羽毛和漂亮眼睛的鸟儿，也没听见过自然中动人的鸟鸣。这对于赖非、对于幼小的儿童来说不能说不是一个遗憾。

我的故乡在四川，四川鸟多之名声不算小，就连梁实秋先生在他的《鸟》之美文中亦说："自从离开四川以后，不再容易看见那样多型类的鸟的跳荡，也不再容易听到那样的鸟鸣。"在我的童年少年时代，我都曾见过许许多多当时还说不上、至今也还说不上名字的美丽的鸟。

每年春天都有燕子来到我家堂屋梁上的圆巢中。这巢奶奶和父母亲从不让我们乱动。打从记事起，这巢就在我家屋梁上安稳地坐着，起初是一个，后来是两个。大约是撒播稻种的时候，总有那么些燕子在水田上空飞来飞去的。那时候，我常常一个人坐在摆着乱七八糟农具的堂屋中，看父燕、母燕给雏燕喂食。雏燕从巢中伸出头来，三个，或四个，都一律张着红红的小嘴。父燕、母燕每次只能衔回一条小虫，轮流给雏燕喂食。小小的我充满好奇心地专门注意到，父燕、母燕喂食这些张着一样嘴巴的雏燕的顺序从未错过，谁也不能多吃多占，谁也不会被饿着。

我还见过系着带子的鸬鹚站在渔夫的肩头，或船篷上。当鸬鹚箭一般射入水中，碧蓝的水面上的波纹没有了踪影，我都迫不及待地盼望着鸬鹚叼着一条银白小鱼钻出水面。空口回来的鸬鹚总是一次次被渔夫强迫着再次赶下水去，而有功的鸬鹚却常常受到渔夫一条小鱼的赏赐。

斑鸠大约算是成都平原的大鸟了。在我的记忆中，在夏季，薅过最后一遍的稻秧已很浓密的时候，斑鸠最多。成群结队，或一两只单独行动的斑鸠在秧田中飞起降落，随处可见。因为我在秧田中捡到过斑鸠蛋，所以我想，斑鸠的家应该是在秧田中。

烈日晴空下，田野中的稻秧绿到天边，一片沉寂。只有那些身穿蓝布衣裳的枪手孤单单的身影在田野中逡巡。他们肩上的猎枪装满霰弹，在很响的"砰"的一声枪响后，我就看见那长长的枪管冒出一股淡淡的白烟。那些撞到枪子的斑鸠就掉到秧田中，轻飘飘的羽毛载沉载浮，打鸟的人就向着这团不散的羽毛走下秧田，捡这些运气不好的斑鸠。秧田中黑肥的稀泥在打鸟人的脚下发出扑哧扑哧的声音，混浊的水面上一串串水泡明明灭灭。

打鸟人除了打个儿大的斑鸠，好像极少打别的鸟。那群群白鹭常常在傍晚的河边和秧田上空低低盘旋。天蓝云白，夕阳西下，河边的芦苇抽出紫白的花穗，一叶小小的木舟在河上缓缓而行。我光着身子从河中爬上岸，一身晶亮的水珠渐渐消失，我抬起头来，一叶白鹭的羽毛像一片大雪正飘飘扬扬地向我的头上落来。

我甚至可以想象，即使在赖非将来的岁月中，她可能也不会有我以上这些关于鸟的经验和回忆了。鸟在我们生存的自然界中，真的是越来越少了。

一个偶然的机会，我发现了能让赖非认识鸟的办法。

赖非生病住院了，妻子请了假在医院陪护，我一边上着班，一边来回地跑，负责她母女俩的一日三餐。这下，惯于睡懒觉的我就不得不天天早起，做好早餐送到医院后再去报社上班。

那天，我骑着自行车往医院去，在我们居住的新村西南角，我看见许多退休的老人聚在一起。在他们身旁的树上，是大大小小的鸟笼，各种各样的鸟儿在各自的笼中跳上跃下，大展歌喉。在早晨的阳光中，鸟儿五彩的羽毛和它们主人花白的头发一样，都披着一层明亮的光影。我说不出这些鸟儿的名字，也没有孔夫子乘龙快婿公冶长那样善解鸟语的本事，但鸟儿们清脆婉转的声音和它们活泼泼、娇小的样子却使我因近日来孩子的病而烦躁不安的心情差不多烟消云散了。我竟在匆忙的赶路中停了下来，在鸟笼前流连了两三分钟。

我想，只要早起，赖非就可以认识这些真正的鸟了。虽然是些笼中的鸟，但总比无缘一见的好，所谓聊胜于无吧。

那天恰巧是星期天，平时遛鸟相聚的这地方有人做起买卖鸟的生意来，所以遛鸟、看鸟、买鸟、卖鸟的人比平时更多，时间也长，日上三竿了也不散。赖非基本康复，只待办出院手续了。我和妻子带赖非回家，半途就停在了"鸟市"。赖非在鸟笼子下钻来钻去，晶亮的黑眼睛中鸟儿翻振羽扬，跃跃欲飞，啁啾的鸣唱此起彼伏。我抱起她时，她竟情不自禁地伸手去摸鸟儿的羽毛，我怕主人怪罪，也就很严厉地拉回了她的手。

还有卖鸟笼和鸟饮水、吃食的小缸的。鸟笼均是竹子所做，有圆的、方的，以及多边形的。笼顶也有拱顶的、圆顶的、平顶的，造型各异。鸟之水缸、食缸几乎都是瓷料的，亦有极少数景泰蓝。形状以大肚的鼓形为多，大小高矮不一。其上的花饰有纯装饰风格的，也有文人画小品，多是青花，也有珐琅彩和粉彩。我想买两个回家把玩，拿起来一看，明明是现代鼓风机鼓风，高温窑烧出来的，底上却妄想瞒天过海地烧着"乾隆年间制"的字样，很煞风景，也就没了兴致。

妻子建议我买两只画眉或相思鸟回家养养，想想，也罢了。倒不是怕玩物丧志，怕的是，一，鸟买回家，既不能早起遛遛，丢三落四的我又无暇，或不能按时给它添食添水；二，赖非对她喜欢的东西又总喜欢动手动脚，一只生命微弱的小鸟还不被她爱死？到时鸟儿被虐而死，我成了罪魁祸首，于心何忍、何苦。

回家路上，想起梁实秋先生之言："令人触目的就是那些偶然一见的囚在笼子中的小鸟儿，但我不忍看。"不禁悲从中来。我们，我们的孩子现在在城市中不在鸟笼前看鸟，又去哪里看呢？即使是动物园中中外各类的鸟儿，不也是囚在笼中的么？只是笼子大些而已。

像流水一样回望

许久以来，在恍惚的梦境之中，我时常看见那个在川西平原上踽踽行走的少年。他总是挽着裤腿，赤脚走在田埂上，行走的脚步声把河沟中的鱼惊得慌忙地跑远；或者像一只鸟，在天空中飞行，看不清地上的季节。当他在竹梢或树杈上停留的时候他总是要四处张望，看看是不是有一个心怀叵测的少年，躲在某处隐蔽的地方，手拿弹弓，向着自己瞄准。

我总是搞不清自己是那个少年呢，还是树上的鸟，或者是河沟中的鱼。

我想，我应该回到那个被现在的我叫着故园的地方，回到那里的原野和天空中，听凭道路选择我的梦境，听凭吹过大脑缝隙的风翻开页码混乱的记忆……还有想象。

1

记忆的翅膀下面是像早晨的雾一样缥缈的景象。

河沟在月光之中泛着点点的波光，它们在田野上穿梭，它们的名字带着我的乡亲们的姓氏。它们来自远方的雪山，它们偷偷地越过雪线的禁守，汇聚到一条大河中，然后又在那个两千多年前修筑成的石头堰坝处分手，各自走向未知的未来。

它们知道，流水和时间一样具有向度，不可回溯。它们在分手的时候，充满了离别的伤感。

那座雪山叫岷山，那条江叫岷江。

在川西平原上行走的河沟曾经有一个梦想，那就是沿着它们来时的路，重新回到那条在山谷中穿行的江，回到那座雪山之上。但这只能是它们的梦想，它们月光下的梦想。

那么，回望之中又是一条什么样的道路选择了我梦境的脚步呢？

当一条故园的河穿过我的心灵时，我像一条河流一样梦想时，曾经的时间和空间要重新排列起来是那样艰难。我想，也许我再也寻找不到流逝的时空当初的样子了。

哗哗流动着的水、水边的芦苇、白或紫的苇穗在月光之中成为故园迷蒙的风景。我和星子一样停留在它们的头上，俯瞰它们，呼吸着它们发出的水藻的气息。我是那个被父亲赶出家门的少年，坐在拱如月亮的石桥上，等待着母亲的寻找。我在石桥的桥栏上看见了我的名字。我的名字被时间剥蚀得几乎消失，但我还是寻找到了它；我是那在流水中随波漫游的一羽白色的鹅毛，轻盈的身影转瞬即逝，蓦然回首已经远离自己的村庄、自己的田野、自己的河流；我是那在石头缝隙中散漫游荡的鱼，那早已为我设计好的饵钩注定要把我钓离水面。当我明白这个阴谋，已经悔之晚矣。

那些一起朝夕相处的伙伴，那个我少年暗恋的女孩以湿湿的目光看着我远去。

这一切，已经无法挽回。这一切，是我以及所有的人注定都要付给时间的代价。

2

那年我十一岁。

是夏天吧，田野中四处都是刚刚抽穗扬花的稻秧。风吹来，深绿的秧田在阳光下变换着身姿。稻秧叶子的背面有些发白，海一样起伏的秧田也就在风中忽而白、忽而绿，一浪白、一浪绿了。

有了稻花，白色的、细小的花蕊如稀疏的雪，在田野中飘。

稻花有清新、芬芳的气味。而现在，在那个平原之外，在我的幻想之中，我却没有了嗅觉的记忆。

好安静的田野啊！村庄在竹林的背后，在树的背后，那些麦草铺盖的屋脊，那些灰白的土墙，在掩映的竹与树间露出一角、两角。村庄和田野中都没有人走动，没有狗吠，也没有鸡鸣。那片田野中，似乎只有我一个人，背着奶奶缝缀的蓝布书包，在田野上踽踽独行。

听得见小水渠中水在石头的堰闸上撞击出的哗哗的声音，也听得见水渠中的水平静地流淌时细碎的声音，以及水流从一个稻田流到另一个稻田时更微弱的声音。

是我的脚步惊扰了它们。我赤着的脚丫在田塍上发出噼噼啪啪的声响。田边的青蛙跃起来，跳到田中，逃逸而去，扑通的声音常常惊得我一愣怔。我曾见过它们惊恐的、圆圆的、亮晶晶的眼睛。

在抚摸和穿过水的声音之后，鱼似乎突然间就暴躁起来，噼啪的"拍案而起"的声音中，鱼鳞的白光穿过密匝匝的稻秧，那么明亮地刺伤我的眼睛。

我抬起头来，我看见了远方的山峰。

庄严肃穆的山峰，峰仞壁立。在湛蓝色的天空下，钢蓝色的石头的山峰间积着耀眼的白雪。乳色的雾缕从山峰间升起来，转瞬又在天空中无影无踪。

十一岁的我从未去过远方，也从未看见过山。我至今不知道，这夏天的天空下，积着白雪的山离川西平原多远，离我家多远。一个在平原的乡村长大的孩子，山是一个多么大的诱惑啊！

我被这景象惊呆了。这景象是那样的美、那样的清晰，和我后来看到的用幻灯机打出的舞台布景一样，令人身处梦中、令人如坠虚幻——令人不敢相信。即使今天，我都记得，当我的泪水无缘无故地从眼中流出的时候，这景象竟颤抖了一下。

我甚至想隐藏这个惊奇的发现，当作我幼小心灵的秘密永远不与人言。但就是在几天之后，我还是忍不住把我的这个发现告诉了我的姐姐和同院子的小伙伴。他们不相信我，一点儿也不相信，因为他们从未见过这奇妙的景象。我无力反驳，我只是一个人，十一岁的一个人。但我知道，我没有撒谎。我从不撒谎。

后来，我再也没有见过这座山。在那些年，几乎每天我都要有意无意地抬起头来，仰望天边，仰望云空下的远方。

我记得，这座山在我家的东北方向。

是下午，夏天的下午，空气透明得一尘不染，人的视线可以到达无限的远方，蓝色的天空玻璃一般。

3

我坐在桥头的那棵香樟树下，石头磨坊里的石碾已经沉睡，石

125

碾滚动时注定要发出的吱吱咔咔的声音已经被水流的奔涌声所代替。夜已经深了。

时至今日，我仍然可以闻见樟树的阴影所发出的气味，可以说出大樟树下以及河的两岸那像石头上的青苔一样被流水养育成的历史和民间传说。这是夜里的风已经凉爽，而背景则是夜空呈现蓝调般悠远的夏日里的回望。

夜就这样在我的等待中走向安静的深处。在桥头的樟树下乘凉和倾听传说的人们打着悠久的哈欠正在散去。他们拖着啪嗒作响的木屐，回到他们的草屋。在昏黄的灯火中，他们听见了他们的孩子在睡梦中的呓语，看见了他们的嘴角流淌着的梦涎。看见这些，他们常常都会会心地一笑。

河流绕村庄而去，没有回头的浪花。月光之下，这个小小的平原就像一个睡去了的海。只有河边的树、村中的竹木像海中的海藻一样在夏夜的风中飘动。栽满水稻的原野则像是海底的青苔，一座座村舍就像是海中的礁石。现在，回到草屋的人们就像回到了礁石的中心。礁石的中心点着飘摇的灯盏，他们把嘴巴伸到灯前，鼓足了气，然后"噗"的一声吹灭灯火。看着灯芯上的灯花像星星一样慢慢熄灭，慢慢退隐在深深的静夜，他们这才撩开蚊帐，打着呼噜睡去。

而这时，村庄的上空布满星星，星星是那样硕大。故园是一棵树，星星们在故园这棵树上，开得正亮。

在远方夜行的道路上，我常常抬起头来，我看见天空的星星穿过遥远的云层，穿过遥远的夜晚，向我飞临，或者说我骑在流星的背上，在它们之中穿行。它们不是星星，它们有着自己的被收获后的名字，种子的名字，粮食的名字，它们叫麦子、稻谷、玉米、大豆和高粱，它们飘扬着令人沉醉的气息，让人永生难忘。

这使我想起那些有着圆锥般尖顶的粮仓。它们像是大地上的巨笔，向着天空书写粮食的故事、农业的故事、汗水的故事；星星既是一粒粒种子，也是一个个只有大地才能读懂的字。

在春天，我看见父亲从田野里回来，春雨湿透了他身上的蓑衣和脚上的草鞋。他在布满水洼的院子里跺脚，随手在地上捡起一个篾片，刮去他鞋上的泥块，然后走进雨天里晦暗的堂屋。我从我的算术中抬起头来，我为书上的丰收计算麦粒的数字和粮仓的体积。父亲的蓑衣在屋檐下滴着雨滴，每一滴雨滴中都旋转着麦子的花蕊。我怎么会知道，在三月里的霏霏雨丝中，父亲会一边满怀感恩地仰望天空，一边紧锁着他多皱纹的眉头。那时候的父亲只有季节，没有田园，每一次，他计算粮食的手指到最后都会无奈地伸开，成为一张空空的手掌。

而现在，父亲已经留在了故园的土地之下，不再为来年的收成操心。他的坟茔就在那条河的岸边，他可以听见流水的声音；而鱼是河流中的音符，没有了鱼的河流只有散文化的言说，不再会有歌的音韵。

即使在我像流水一样的回望之中，跳跃的浪花也是那样的恍惚，那样的不成调子。

风筝和纸

一只竹骨上褴褛地挂着撕裂了的白纸的风筝，已经在我的门前悬挂了十来天。每次回家从衣兜中哗啦啦地掏出钥匙，一边开门，一边就回过头来看它。冰凉的钥匙在锁孔中转动，门打开，快两岁的女儿高喊着"爸爸"，扑到膝下，我就有些恍惚地一惊。风筝长长的尾巴垂下来，我即使轻轻地开门，门掀带起来的风仍把那白练似的尾巴掀起来，像爬壁的藤子，那么顺势一挣，想抓住什么可以攀缘的东西。

夜深人静，在灯下，白如初雪的纸在桌上展开，在我的面前展开，一次又一次，我都未着一字，一张纸的命运那么不同，我又从何说起呢？

一些纸成为书，成为精装的书，在那绸纹之类的封面中安下家。那些美好的文字通过它们而呈现。它们终日倾听海鸟的羽毛划过云的声音，草地变绿的声音，山峰的雪线融降的声音，爱情弥漫的声音……它们成为但丁、托尔斯泰、雪莱、埃利蒂斯、瓦莱里……的朋友，在世上流传，被人们珍藏。

一些纸也成为书，在大街，在人们的脚下被打扮成妖艳的样子，像妓女一样去引诱路人。它们又看见了什么？看见了肉的欲流，看见了魂的肮脏，看见鸟儿被子弹击中翅膀，看见哭号的眼泪和眼睛兽性的凶光……它们从哪里寻找朋友呢？它们确实像妓女一样，在满足人的贪婪渴望之后就被抛弃，留下的只是满身的污迹和伤痕。

我转过身来。身后是书架，满架的书整齐地排列着，在微弱的光线中，它们脊梁上的名字模糊不清。我听见了它们的叹息和婴儿般的呓语。确乎如此，这些用纸印成的书简直弱不禁风，连婴儿都不如。一个时代，又一个时代，一个皇帝，又一个皇帝，书在一根火柴的火焰下，甚至在两块石头碰出的火星中，都会化为灰烬。

书的黑蝴蝶般的葬礼在风中做最后的飞翔，然而一场雷雨，它们的翅膀和灵魂就被雨点击碎、打湿，然后消失得无影无踪。

当然这不仅仅是纸的脆弱、书的脆弱。这其实也是良知的脆弱，而恶却总是强大专横、不可一世！

我珍惜纸、珍惜书。我总是习惯性地在捧读书和写作之前，要洗一洗我一双为生存而染着风尘的手。一只风筝破了，我把它挂在门前，像祭奠一只有灵性的动物，让我每天面对它，面对一张破碎的纸时，心里不安。

它那两只破碎了的翅膀和身体仍然像刚糊上竹骨时那样白净。它使我想起我童年时捕捉的蝴蝶标本，在一本本书中折叠起翅膀；也使我想起一枚秋天的枫叶，在一册因爱而馈赠的笔记本中，多年之后，只剩下丝绸般的筋络；更使我想起一只穿过漫长风雨的鸟儿，终于找到了可以栖身的屋檐，在梳理湿漉漉羽毛的同时，又惶恐地四处顾盼，害怕那突然飞临的石头，击中自己已经疲倦至极的翅膀。

我是这只风筝的猎杀者。我创造了它，又伤害了它。这只风筝带给我的不是回忆儿童时代的快乐，不是关于春天的天空和风筝那些美丽的文章、美丽的诗行的重温和体验，而是惩罚，心灵的惩罚！

过去我没有想到这些，似乎也没有可能想到这些。当这只破损的风筝悬挂在我的家门前，我想到了，心中隐隐的不安也随之而来。我知道，我必得在洁白的纸上写下些什么，我才能回到过去的平静。每晚，我都在书桌上展开纸来，等待一种指引，使我在洁白的纸上留下一行行的字和词语，而不是对纸的污染。

其实这是一只从未在天空中真正像风筝一样飞翔过的风筝。

有十三四年了吧，我没放过风筝，更没有扎过风筝。十多天前，我看见一个老人在街上摆摊卖风筝，因为有了一个快两岁的女儿，我就不自觉地走了过去。老人的风筝扎得还可以，但画得不好，太艳太俗太粗糙，简直就是色彩的胡涂乱抹，要价却是六元。我翻来拣去好一会儿，最后还是放下了。我想，我可以自己扎一只纯白的风筝，和女儿一起到田野里去放，一定比买这样的风筝放有趣得多。

十多年前，我还是一个不识愁滋味的少年，每年一到三四月间，自己就扎风筝放，和同村同校的伙伴比赛，看谁的风筝飞得高。我现在还记得四川老家的小伙伴们放风筝时的骂人话："风筝不飞，跑死乌龟；风筝不起，跑烂鞋底。"川西平原风小，放风筝的人常常要拉着风筝一边猛跑借风，一边放线，待风筝飞到一定的高度，才可停下来，手握线拐自我欣赏。

回到家中，我就找了一根被废弃的竹子拖帚把，用刀剖成细细的篾条，扎成风筝的骨架，然后把一张白纸剪成骨架的形状，依次粘上，最后又接上长长的尾巴。

做完风筝，已是晚上八点余，我按捺不住心中那份重温童年时光的冲动，独自一人下楼到新村的空地去放。然而不幸得很，风筝屡放屡栽，喝醉酒一样不听使唤。我心想，一定是夜里风太大，地方又小，不能放脚跑、松手放，待明日下午再试吧。

次日下午下班之后赶回家，和女儿一道到了离家不远的郊外田野，想当年自己手扎的风筝直上云霄，高压群筝，我就一副踌躇满志、小试牛刀的样子。结果呢，风筝仍然没有扶摇直上，一次次从空中栽下来，栽到麦地中，被风和麦苗撕裂了翅膀。十多年了，我实在记不起对这总是乱栽的风筝，该做怎样的"技术处理"，才可使其"上天揽月"。本想扔掉这破了的风筝，又想若有他人指点，重新糊上纸，还可再飞，也就一手拉着满身土的女儿，一手拎着破风筝垂头丧气地败兴回家。进门的时候，顺手就把手中的风筝挂在了门旁的墙上。

从此之后，每夜我都听见破烂的风筝在门口飘摇，那因风而起的纸的声音，破纸的声音穿过门扉在我的大脑中窸窸窣窣地回旋。一个伤痕累累的失败者在夜晚仍然做着最后的努力和挣扎。一次次地希望，又一次次地失败，然后是一声声呻吟和叹息，轻轻地，唯恐打扰了人类的梦境。

月光斜照之中，风筝苍白的面孔越发令人心怜。我打开门，风筝在墙上再一次用劲飘起来，我打了一个寒噤。在这只破烂的风筝面前，我不仅沮丧、无奈、充满失败感，而且还被那冥冥中的谴责刺痛。人的灵和肉是不是在这样的心境中都会远去，只剩下躯壳和衣裳，像一只破风筝。

一张纸作为风筝、生为风筝，它就渴望着飞翔，渴望着云的抚摸，渴望着蓝天的拥抱，但这只风筝没有这样的机会。它只有风撕裂自己的疼痛、未飞先死的遗憾。

因为它生就了一副畸形的身体！

还有折叠的纸鹞，不知是从孩子的手中挣脱而出呢，还是被孩子掷扔出去的，在一间小小的屋子中做短暂的滑翔之后，在墙壁、木头、铁器上碰撞下来，摔在地上，不断地如此重复。孩子不会感觉到什么，大人也不会感觉到什么。人总是对不关己的事情充耳不闻，何况是一张纸，纸的疼痛、纸的喊叫。

今夜，我记下这些，记下一只未曾飞翔、满身伤痕的风筝给我的感受，在纸上，算是我对一只风筝、对洁白的纸的忏悔。

红　冰

在十八岁以前，我几乎没有见过雪。即使冰也难得一见。那时候在乡下，一到冬天中最寒冷的日子，家家户户的孩子在傍晚就用青花的粗瓷大碗，盛满水放到屋檐边或院子中，盼望一夜之后那碗中的水能冻成冰。那等待的夜晚是多么漫长啊！我和两个弟弟挤在一个床上，激动的心情使我们久久不能睡去。转眼已二十来年了，我不敢肯定在那些夜晚的梦中，我们的梦是不是与冰有关。

然而，这样的等待常常都要落空。当我小心翼翼地从房檐边取下仍如昨天一样盛着水的碗时，我从我两个弟弟失望的眼神中看到了我同样沮丧的表情和心情。在川西成都平原，一年中即使夜里最低的温度也难以达到冰点，难得的几次差不多就是我们小小的节日了。

我记得那块到达欢乐的顶峰的冰。

在前一天的夜晚，我创造性地用家中的红纸把碗中的清水染成了红色，而且幸运的是那夜的气温又降到了0℃以下。当我把一个红色圆碗一样的冰捧在手上，就像是捧着一轮红彤彤的太阳。起初，我毫不通融地独霸着这宝贝般的"太阳"，两个弟弟惊呼呐喊地跟在我身后追赶。这寒冷的冰坨像是一个红红的炭团，把我的双手灼烫得生疼。这时候，我几乎分不出冷和烫来。我一边奔跑，一边防着两个弟弟的抢夺，一边来回地倒着手。我们弟兄三人在村子中呼啸而过的脚步和惊呼顷刻之间就引来了全村的小孩。他们中的许多从被窝中钻出来，甚至还来不及穿好衣裳，就敞着怀，提着裤子，一起加入了我们三弟兄奔跑的队伍。那个早晨，那惊喜欢乐的云团就在我们那个村子中飘来飘去，压过了老人起床的咳嗽声和鸡鸭猪狗牛的鸣叫声，以及大人们的叱骂声。

那是一个难得的大晴天的早晨。最后我们跑向了田野。在田野中，我气喘吁吁地站住，当我双手举起红冰，对着初升的、红彤彤的太阳时，我和我的小伙伴们都同时看见了红冰在阳光中折射闪烁出的美轮美奂的光线。红冰在阳光中就像红色的钻石。我皇帝般把这冰赐给我馋涎欲滴的弟弟和小伙伴。在一遍啧啧声中，红冰在他们手上快乐地传递着，甚至一些小孩还情不自禁地伸出舌头在红冰上舔一下，这个举动引起了其他小孩厉声的呵斥。

最后，当这红冰在这群孩子们的巨大热情中化为乌有时，他们冻得红红的手仍然机械地保持着传递的动作。我清楚地看见，这个动作至少延续了四五个小孩，才停止下来。然后，我们站在田野上，一起抬头看着正在一点一点地上升的红太阳。

井

1

井水不犯河水。全世界的水井都坚持和平主义的立场。

昨夜和今天降下的雷暴雨，在这座黄河下游北岸新城的宽阔大街上久蓄不去。一辆辆车子开过，像水上的快艇，掀起白绸缎的水帘。这水帘直起腰来之后，又珠溅玉漱般散落下来，似乎突然被抽去了骨头。

我拿起桌上的报纸。报上说，全国受水灾省市已达一十八个，受灾人口七千余万。

可恶的洪水，可恶的河水。军国主义的河水没有一个不是野兽。曹雪芹老先生还说林妹妹是水做的呢。简直胡扯！简直！

或许曹老先生少说了个"井"字。如果说"女人的骨肉是井水做的"，就对了。只有泼妇，才与河水有关。

在这个雨季中，在这洪水四处肆虐的时候，我又怎么不怀念以温良恭让著称的井、井水呢？

这个季节的井呢？这些地上美丽的星辰在河水的乌云笼罩下，被粗暴地囚隐了。我们看见村后井边的那棵柳树的头发在水中漂动。

蝉的声音没有了，鸟的叫声没有了，只有千万只蛙鸣在白花花的水面上闪烁，那么聒噪。

一串串水泡就在柳树的旁边升上水面。我们知道那是井的所在，那是井的叹息。那么长的叹息，一声又一声。

2

在河水泛滥的时候谈论井和井水实在有些不识时务。电视、报纸和无线电广播中都只有河水上涨和洪水脱缰的声音。怀想和思念那幽深静谧的井，真是一个古怪的念头。

那个香港散文大手笔董桥，在给台北这座后花园"点灯"时说：

　　不会怀旧的社会注定沉闷、坠落。没有文化的心井注定是一口枯井。

　　（《给后花园点灯·其四》，台北圆神出版社《这一代的事》）

啧啧，言重了。怀旧算什么呢？十足的小资情调嘛。有人说，只有老人才喜欢怀旧。我不是老人，现在却有那么一点点怀旧。难道是我想摆脱沉闷和坠落？不知道，真的不知道。

"没有文化的心井注定是一口枯井。"我投老董一票，投这句话一票：斯言不诬！斯言善哉！文化——心灵——井，老董如是说接近真理。

无独有偶，台湾诗人欧团圆有一首叫《乡愁》的诗：

故园那口井

竟住到我的心中来了

于是我夜夜梦见

自己，惶急地，搬运石块

却总无法将它填满

井在董桥和欧团圆笔下是一个恰切的象征，也是一个美丽的意象。枯井便与乡愁、怀旧，与空虚、沉闷、坠落有了关系。在背井离乡的游子心中，故乡的一口井就是故乡的全部，像从一滴水中看见了太阳一样，他一辈子都将背负着这口沉重的"井"身患乡愁的"疾病"。一个人面对井这样一面镜子，是无法丈量故乡在自己心灵中的幽深的。

3

我想起一则有关井的"公案"。

小时候，老师教李白的《静夜思》：

床前明月光，

疑是地上霜。

举头望明月，

低头思故乡。

整首诗都明白晓畅，如而今的白话诗一般。就连编《唐诗三百首》的蘅塘退士，在此诗后都未注一字。对于诗中的第一字"床"，

137

更无人解释，以为二岁的小儿都知道"床"的意义。

近年，终于有人杨柳新翻，做了翻案文章。说，床在屋中，若看见"床前明月光"，举头只能看见屋顶，而不能望明月了。翻案文章还说，公元487年，南朝人沈约著《宋书》，在其《乐志四·淮南王篇》中就有"后园凿井银作床，金瓶素绠汲寒浆"之句。显而易见，二百多年后的李白写作《静夜思》，其中之"床"便是"后园凿井银作床"之"床"——井栏也。以井栏之意解释《静夜思》中的"床"，全诗就通了。

我拥护此种观点。对诗而言，这首诗之背景放在井边，其情更浓，其诗意更足。

好深的夜啊！白天汲水的人们早已归了梦乡。只有一个背井离乡的漂泊诗人站在月辉之中，手扶井栏，看见地上一汪汪水洼被明月照亮，如霜一样洁白，不禁悲从中来，泪从心出，一缕怀乡的病痛就在低头的一瞬，爬上了心间。

4

唉，我的井呢？在这中原的黄河北岸，川西平原上那一口水井是深情的、"意恐迟迟归"的眼睛呢，还是心空中一轮云翳中的月亮？

梦中的井，诗中的井，都是心中的井，都是怀乡的井。

5

川西平原上的水井大多挖在村后。老人们讲，村头上人来人往的，怕脏了井水，扰了水脉。

川西平原上的井都没有井栏，也没有辘轳，汲水时，用一根头上绑着铁钩或树丫杈之类的钩子，把水桶放到井下汲满，然后提起来。这带钩的竹竿儿，我们叫井钩钩。井边大多有树，有竹，人们用过井钩钩后，就多挂在井旁的树或竹上。井口周围大多用青或红色的石板镶铺，石板从井口如伞一般向外斜去。石板因汲水的人多年踩来磨去，光滑洁净。没有水痕的时候，我喜欢在石板上画画，现在仍记得那石板上的房子、房子上的炊烟、鸡和鸡下的蛋的样子。多么短暂的表现欲的满足啊！

我家住的那个庄子，叫马家院子，其实只有一户姓马，还是扎了根、有了妻儿的下乡知青。原来的马家是地主，解放后就被政府强行迁到别处去了。马家院子是一个自然村落，仅十余户人家，不足一个生产队。现在分田到户，生产队也就取消了，乡下边最小的管理机构是村委。马家院子中原有两口水井，一口在院子正中，一口在院子东北角。大约井中的水是一个清静的东西，不喜热闹，所以院中的那一口就像一个逐渐衰老的妇人，一日一日没有了水灵灵的样子，水浑不说，味道也不淳了，淘了好几次，也无济于事，最后也就终于闭上了眼睛——枯了。

而东北角的那口井却青春长在，水清淳甘洌，即使冬夏两季，其水也无何变化。井周围植有几垄竹，两棵柳树，一棵皂角树。井壁是用大大小小的石头砌的，井壁间长满了喜湿爱水的蕨草，一年四季都绿茵茵的，若井底那只受人嘲笑的青蛙，不知天有多大，也不知春夏秋冬的季节轮换。水离井口丈余，一些无奈的娇儿常常以水作镜，看自己的花脸，或吼叫，或唱歌，声音从水面折回来，在井壁间回荡，浑厚了许多。这不解的惊奇弄得孩子们哈哈大笑。好像写作的人，看见自己的作品变成了铅字，心里总有一种怪样的感觉，竟有些不敢认了。

因了这井边竹柳和井壁间蕨草的青翠和葱郁，井也就有了好看的眉睫。多少年来，水都那么清亮，似乎吃了什么灵丹妙药，青春永驻，长生不老。

我家在这口井的南边，三十余米。因大人们每天要起早睡晚地下田干活儿，挣工分，从我十三岁开始，全家九口人及家畜的用水便由我一人承担下来。记得我曾用几何的方法，计算过一担水的重量，三十至四十公斤吧。每天，我要挑五担水才可保证家中的用水。转眼快二十年了，做了肩不能挑、手不能提的城里人。前年回家，想重温一下过去的时光，结果一担水放在肩上，还没走到家，牙就咧得奇形怪状，好不丢人现眼。

6

还有一口井，在我大脑的沟回中掘得那么深，但我不知道在什么时候，在什么地方见过。我只知道有这么一口井存在着。

也许是在梦中，也许是在诗中。

小小的四合院，红色的门窗，红色的柱子，一株梅树在那扇南边的窗前站着。院中是井，石头的井栏，雕刻着细腻的纹线。那井旁的桂树去年一定开过花了。

一个孤独的男孩子（是我？）坐在堂屋的门槛上，双手支着下巴，满眼的痴迷，看三两只如雪如云的白鹅在井栏外迈着红色的足蹼，时而大亨般不可一世地走来走去，浅浅的水洼在它们的足下发出啪啪的声音；时而低下长长的脖子，在石缝或凹坑处啜水，一副专注匆忙的样子，发出喔喔喔的声音。好响！

男孩子喃喃地说："我看见过井中月亮的样子，看见过星星在井中闪烁，看见过汲水的木桶碰碎的白云和蓝蓝的天的样子。"

这是中午啊！男孩子想：现在，当正午的阳光穿过井中淡淡的氤氲，抵达圆形水面的时候，那些井壁间的蕨草和梳子一样的蜈蚣草，该在幽蓝如镜的水面，投下多么美妙的幻影。

坐在堂屋的门槛上，或坐在各种各样的椅子、沙发上，这个忧郁孤独的男孩常常这样低下头来，一边呼吸水的气味，一边想象石井中水的景象……

蝈 蝈 记

　　下班回家，老远就看见街头转弯的树荫下围着一大堆大人孩子。蝈蝈吱吱吱的叫声从人堆中挤出来，那么响，那么亮，似乎拼足了劲儿，要吸引所有行人似的。

　　我也挤了上去。地上是两堆用细绳穿起来的蝈蝈笼，笼中是腹大翅短的蝈蝈，一笼一只。白色高粱篾条编的蝈笼，笼孔是六角形，笼子也是六角形，小孩拳头那么大，编得不精致，也不算太糟糕，有些民间工艺品的味道。许多蝈笼穿在一起，像一朵硕大的、炸开了的爆玉米花。一村民打扮的黑脸老人蹲在蝈笼中间，一边收钱，一边取下买主自选的蝈蝈。

　　无一例外，每一只从笼堆中取下的蝈蝈在新主人手中都不再叫。这使买主不免有些扫兴，怀疑这一堆蝈蝈中也有不少一千多年前那个齐国的南郭——滥竽充数。

　　我从人堆中退了出来。听人讲，雄蝈蝈才会发声。我没有昆虫学方面的知识，若是只知是蝈，不论雌雄地买回家，恐怕不仅讨不了两岁女儿的欢心，反倒会惹出麻烦来。蝈蝈不叫，就得由我代劳。何苦来哉，我还是"知难而退"吧。

　　回到家，却见一蝈笼挂在客厅的墙上，里边的蝈蝈一副无精打采状，自然噤若寒蝉。生在山东、有蝈蝈经验的内人说，蝈蝈怯生，悬于人前，或有人声干扰，蝈蝈便罢唱。心想，这蝈蝈倒还矜持，一副嗓子那么高贵，不像我们那些"走穴"的流行歌手，哪儿人多，往哪儿走——奔着一个人多钱多。蝈蝈在街头欢唱，大约是仗着"蝈多势众"才没有羞怯吧。

夜深人静，一家人安然入睡，客厅中的蝈蝈果真叫了起来，声音好清脆、好响，即使有两扇门相隔，那声音也声声入耳，恍如身居乡野草庵之中。

几天下来，这蝈蝈倒有了面对人类的"舞台经验"，在我家中真还有了反客为主、如在家中的感觉，只要兴起，便来两声。有时长，有时短，有时像唱快乐爱情的歌，有时又像唱怀乡伤感的歌。只是这蝈蝈的歌，总是一味地高音，不符合音乐原则，开始太突然，结束亦太突然，弄得听众还来不及鼓掌，它就谢了幕。每次蝈蝈停止歌唱之后，孩子就说："停电了。"可见蝈蝈歌曲结尾的突然太明显不过，连两岁的女孩子都可感觉得到。

大约蝈蝈那个世界中，还没有懂音阶、和声的作曲家，真可惜了蝈蝈那么亮的金嗓子。应该建议蝈蝈国中的音乐人士到鸟儿国去进修学习一下。

有时躺在床上，听蝈蝈叫起来，便生出一丝感慨，"适者生存"的法则真是如铁一般。人类如此，动物如此，昆虫亦如此。

所以人类学会了逢场作戏这个生存方式。

附记：

其实蝈蝈是不用嗓子发音的，而是借助前翅基部高速摩擦而发出声音。上文的"发挥"只是顺应习惯说法而已。

梦游之烛

　　走出不夜之城闪烁如繁星的灯火，远离玻璃，远离钢铁，远离水泥，来到夜的深处，一夜一夜寻找回家的路，梦游之烛早已没有了苍老的泪水。

　　夜里的风声在春天中仍然带着凛冽的寒意，梦游之烛的火苗却像是石头的雕塑，即使站在风中，也一动不动。在梦游之烛自己微弱的烛光中，我们看见它干枯的身体上布满皱纹和伤痕，甚至在火焰之巅还披着一层雪白的霜，让我们想到苍老这个词。它的白发使我们情不自禁地蜷紧身体，才能忍住不打寒战。

　　水声在静夜中传得很远，河边是密密的树，杨树和柳树。在去年冬天中没有落尽的枯叶在烛光的映照下终于落了下来。那微弱的下落的声音，像是一声叹息，又像是轻轻地吐了一口气，所有绷紧、坚守着的信念都松弛了下来。落叶落到水面，微微一弹，然后在水中把自己的身体安放成最舒适的姿态，无声地向下游漂去，漂出烛光的光晕……而水声仍一如既往地响着。

　　在水声之中，梦游之烛看见了自己的影像。水声在水面泛起闪闪的细波，烛影在这水波中起伏不定。一些烛影竟不由自主地随着河水飞快地漂流，妄想伸手挽留住那些随波逐流的落叶。

在水声之中，在流动的河之上，梦游之烛伫立许久，河的水雾笼罩着它。这时的它沉浸在苍凉的茫然之中——所谓伊人，在水一方啊，跨过河去难道就能找到那至死不渝的等待、那信守不变的诺言？

河那边是墓地。我们和梦游之烛看见墓地中无数红色和青色的石碑在月光中岿然不动。冰凉的墓碑上的字迹早已模糊不清，蓝色的磷火从墓穴中挤出身体，簇拥在梦游之烛的周围。但没有谁能够回答梦游之烛的提问，就连它们自己都无法说出自身来自何方，又是如何来到这里的，怎么成为这样。它们说，它们固执地坚守在这里，只是因为无处可去，或者说它们已经习惯在这里。

梦游之烛走遍了墓地中的每一座坟茔，在每一座墓碑前供奉自己真挚的虔诚，认认真真地弯下腰来顶礼叩拜。这些安息的先人们静无声息，梦游之烛不知道那冥冥中的召唤是不是来自这里；是不是从此之后自己的根就有了可靠的依系？是不是从此之后自己就会心安理得？它最后坐了下来，坐在一个光洁的青石头上。石头上的花纹在月光和烛光中轻轻地荡漾着，乱如蛛网。

梦游之烛并没有为此轻松下来，因为连它自己都不能十分地相信这是可靠和真实的。我们看到了它脸上倦怠的神色。这种倦意爬上它的心头的时候，它一连打了好几个哈欠，使它差不多要吹灭自己而沉沉地睡去。但梦游之烛知道这并不是它终极的归宿，它终极的归宿仍很遥远，归期长过百年。漫长的归途仍不得不催促它拖着衰老的步履走回去。

直起身来的时候，梦游之烛就看见了前面的村庄，黑黝黝的，像一只巨大的狗藏着四肢，低头跪卧着，那闪闪的两三盏灯火好像狗时开时合警醒的眼睛。

真的这时就响起了狗的叫声。一声狗吠远远地传来，又远远地传到身后，使充满了怀乡之痛的梦游之烛呆立。这一声狗吠是来自前面的村庄，还是来自万能的神祇？仅仅是一声，一声饱含乡情的狗吠之后，夜又万籁俱寂了。梦游之烛几乎不相信自己的耳朵。

春天已经来了啊！春天里莺飞草长，春天的夜里每一只飞累的鸟都找到了归路，找到了自己的窝巢。梦游之烛穿过树林，穿过这些安静的雀巢，它看见这些投林的倦鸟睡得那样香甜，那微微的呼吸使它们身上五彩的羽毛轻轻起伏。有两只鸟在梦游之烛俯身看它们的时候，似乎正结束了一个美好的梦魇，恰巧醒来。梦游之烛看见在它们晶亮的、钻石般色彩纷呈的眼中，自己小如芥子，在鸟的眼睛的深处飘摇闪烁。

但梦游之烛已经没有眼泪。我们看见了梦游之烛在心中的深深慨叹：倦鸟也知投林，而它自己却找不到归途。

草还是从前的草吗？路还是过去的路吗？梦游之烛在每一个路口都要停下来，把这春天抽长的草仔细地拨开，寻找自己曾经的足迹，寻找回家的路。而月光，只有漫天盈地的月光在梦游之烛的寻找中翻开又合上。

梦游之烛向那两三盏梦幻般的灯火走去。那是回家的游动的灯火，还是天庭的星星在这夜深人静之时来到大地啜饮麦苗上、草叶上的春露？在露珠上行走的梦游之烛从一粒露珠到另一粒露珠，从一枚叶子到另一枚叶子，如一只雪花的风筝，在夜里飘游。

梦游之烛听见了那轻若铜之自鸣的风铃声。它驻脚聆听。红色的门柱、红色的窗檐、青色的瓦在月光中寂然而立。过年的红灯笼

146

还在，其中的火苗把整个庭院映照成一片朦胧的红色。铜的风铃悬挂在高高翘起的四只檐角上，在风中，在更加暗淡的红影中发出轻声的低鸣……

院中有桂树、梅树，有兰草，青花大缸中满满的水盈盈有如最大的秋月。

门前是蜿蜒而过的水，水声潺潺，其波在月光下细如鱼鳞；院后是青青的菜园，一垄垄菜畦碧如绿玉。

梦游之烛在这座庭院中缓缓地逡巡，苍老的火苗抚摸过每一件魂牵梦萦的物什……

这是谁家？这是谁家的兰花一箭箭地开放？清新的芬芳溢出古老的庭院。在轻如白纸的月光中，梦游之烛喃喃自语，脸色更加苍白。

我们不知道，从此之后，是不是那千年的月光就将永远挂在它的脸上。

夜　雨

　　在一场梦的尾声中，夜雨加入了梦境声响的合奏。

　　我就在这时醒来了。幽深而黑的屋中纹着淡淡的花。那是窗外的路灯、广告霓虹灯光透过白纱的窗帘漏进来的。

　　我怀念那曾经遮挡过我少年梦境的草屋顶和那像万卷经书一样默默斜叠的黑瓦。春夜的雨常常从它们身上汇聚成涓涓细流，或者是稀疏的珠泪。那屋向阳的一半是草顶，另一半靠着屋后竹林的是瓦顶。我在床上，起床小便后久久不去的寒冷使我团着身体，不能睡去。我听见了瓦顶上雨足的跳跃和草屋顶上雨坠落时那近于无声的叹息，还有竹林在风雨中摇晃时飒飒的声音。檐下雨滴的声音清脆而响亮，滴滴答答的声音连绵不断。我就这么数来数去，像愚蠢的猴子点数天空中的星斗，除了把自己也迷惑进去，从没有一个清楚的答案。

　　我记得那从屋顶的漏孔中滴下的雨滴。雨滴从屋顶落下来，在那斑驳破旧的搪瓷盆中，敲出铿然的金属音。这声音像金属丝弹出的鸣响，有一种空气颤抖时吆吆的声音。而盆中，那不断的水之花灿然溅开。那种迅速的笑意就像害羞的姑娘的目光与一个男人的目光乍然相遇，只一瞬便紧紧地藏起白如编贝的牙齿，把脸严肃到零之下的负数。

148

现在听不见屋顶的雨足，也听不见檐下的雨滴了。只有夜雨穿过高楼之间窄窄的缝隙飘飘摇摇地落下来，是雨声，也是风声。人们在这春之夜雨中或沉沉睡去，或彻夜难眠。我是失眠者之一。一团晕然昏黄的光中，我拥衾枯坐，不知所思，在逐渐明亮的早晨中，渐渐看见那晶亮的雨痕在干净的窗玻璃上缓缓地向下延伸，像故乡那条石头小径，把自己引向夕归的笛声和炊烟。

　　我突然记起阳台上那盆栽的花，那离开自然在城市中作为点缀而独居的花。阳台上，一地的花瓣和叶子恹恹地叠散着，上边有如珠的雨滴，有一夜的风声雨声。那只笼中的鸟浑身湿漉漉的，像披着一件蓑衣瑟缩着。鸟的声音，连同那些不能称作啼音的鸽子的嗓音，在这个早晨都已销声敛迹。

俗家"茶经"

　　一直以为，那种"象征的文化"的喝茶应该是老者所为，我辈年纪轻轻，又是红尘中的俗人，哪有时间和闲情逸致去精益求精地烹茶，小心翼翼地端起杯子，然后像钱钟书先生在《围城》中形容方鸿渐被迫吻苏小姐，"只仿佛清朝官场端茶送客时的把嘴唇抹一抹茶碗边"。所以在我的四川老家，那些年老的人们看见年轻小伙子坐茶馆泡时间，并不为他们后继有人、队伍壮大而高兴，而是视此等年轻人为不务正业、游手好闲的不良子弟。

　　四川城镇之茶馆可谓星罗棋布，雅者俗者均有，大约可说是"十步之内皆芳草"吧。四川茶馆中，一律置四方的八仙桌，竹制靠背椅，小者几桌，大者三四十桌。茶碗多为青花瓷，小碗状，上有一盖，如碟，下有一托，称茶托、茶托子，也称茶舟，现在人们常叫之茶船。有此玩意儿托碗底，方便得很，既不担心茶碗导热太甚烫了手，也无须顾虑茶水溢出，渍湿衣裳。用这茶碗、茶盖、茶船"三件套"泡茶合称为"盖碗茶"，此称谓为四川专有。

　　对了，关于这四川特有的茶船，说来话还有点儿长。唐代李匡在《资暇录》中说过此事。

　　话说西元 780 年那时候，西川节度使崔宁之女喜欢喝茶，但刚烹煮的茶汤盛于杯中，对崔小姐的纤纤素手很是"炙手可热"。崔小姐眉头一皱，计上心来，取了一个碟子托底。这样倒可隔热了，但因碟子大小与杯底并不吻合，端起来一喝，照样出毛病：杯倾汤溢。好在崔小姐知道"世上无难事，只要肯登攀"，又想出个主意：在碟子中放些蜡，将蜡融化，再把茶杯置入，使其固定。至此，崔小姐"更上一层楼"，命工匠用漆制环代以蜡，既能使茶杯固定，又能让杯与托合分自如，如今日之西方婚姻，大功告成也。崔小姐娇滴滴地告诉父亲，崔宁喜欢得不得了，恨不能抱起女儿给女儿一个 kiss。《资暇录》说："蜀相奇之，为制名，而话于宾亲，人人为便用于代。是后传者，更环其底，愈新其制以至百状焉。"

只可惜那时还无专利制度可言，否则，崔小姐定可获其"茶托"实用型一专利，大发其财。当然青史留名也不错，可《资暇录》这段说茶托来历事，竟只有崔宁之名，而无发明者崔小姐之名，可见万恶的封建社会是多么的重男轻女！

大约是因为洗澡水和茶水一样，都要用炭烧开，四川的茶馆有不少竟和澡堂"连姻"，和理发馆隔壁。茶馆之中，吹牛冲壳子、摆龙门阵的居多，也有下棋的，象棋、围棋均有。卖香烟瓜子的四处走动，刮面、掏耳朵的按部就班，精工细做。若是冬天，茶馆中一片氤氲，紫气满堂。遇上有业余川剧爱好者站起来清唱，或者有一个说评书的正慷慨激昂，路人中即使有家中火上房者，仍不免要停下急匆匆的步子，听他两句，过一个瘾。

我十八岁离开四川，那么多年，我竟未在茶馆中正儿八经地买过一碗茶喝。我家距县城五里来地，儿时，随奶奶或父母到县城，有时口渴，他们就带我到茶馆中，寻一乡邻熟人，喝人家茶碗中的茶，喝完便道谢退出，从不久留。哪像现在的小孩，走到街上，不管口渴与否，可乐、汽水、冰激凌，指什么要什么。

我的家乡在川西坝，那里的乡下人多爱喝茉莉花茶，求其一个香味。我家种有两盆茉莉花，待花将凋谢时，奶奶就小心地摘下来，放在一小竹篮中置于明亮又无阳光直射处阴干，然后收在一个玻璃瓶中，拧紧盖子。奶奶说，太阳太毒，茉莉花如果在阳光下晒过的话，就没香味了。奶奶从城里买回少许四五级无花的粗茶，就把茉莉花和茶和在一起，用纸里里外外包了，埋在热烫的草木灰中烘焙，两三小时后取出，香味扑鼻，这茉莉花茶便制成了。此为土法，有效实际，为贫穷的乡下人家所乐用。

"余家贫"，茶自是贵重稀罕之物，除非有不轻易来之客人，一般不泡茶自饮和待客。自家就不必说，穷亲戚们亦都理解茶的可贵、钱的可贵，所以也就不会视如此情状为"坐、请坐、请上坐；茶、敬茶、敬香茶"之势利眼和尚的作为了。

我十五岁到山城重庆上学，到了炎夏，便有了享受公费降温补贴的权利。这区区的几元钱，多由学校买成茶叶和白糖分发给学生，我这才有了属于自己的茶和茶杯。既然是为降温解渴，当然也就不品不抿了，如饮牛一般。至今仍一如既往，喝茶多为解渴和写作时提神。我之饮茶这辈子大约如倪瓒骂赵行恕："不知风味，真俗物也！"（《云林遗事·清泉白石茶》），学不会风雅的。

有人写作时抽烟，我总觉此法有弊，弄得书桌上"狼烟"四起，灰飞如蝶不说，待写得"下笔如有神"时，谁又会注意到左手的指间夹了一支烟？当导火索般的烟越烧越短，最后烧了手指，皮肉受苦不说，倏然一惊，文思陡断，不亦愤哉。而喝茶便无此虞了。一大杯茶放在桌上，当你"漫卷诗书喜欲狂"时，一杯茶只是一个多余的石头，和你桌上的镇纸没有两样；而当你笔下滞塞时，又可端起杯来，细品痛饮由己，在自己的大脑中，慢慢理一下诗章的头绪，重新找到感觉，然后再置之不理，伏案而写作。这时候茶杯之作用，大约有些像风尘女子之于寻花问柳的男人一般。

如此之说，实在有点儿亵渎茶圣陆羽。有罪！有罪！

为了谢罪，讲一个知茶的故事。"知茶"乃我生造，是"知音"之转借。

说的是天宝年间，湖北天门竟陵湖边有一座庙（西塔寺），庙里有一个和尚。此人乃高僧，法号智积，人称积公。陆羽三岁时，智积禅师念其为孤儿，便收留了他。积公嗜茶，其茶均由陆羽烹煮。积公由于喝惯了陆羽烹的茶，再喝别人烹的便觉得乏味。后来，陆羽四方游历，积公竟"宁缺勿滥"，罢喝了。代宗皇帝李豫知积公满腹经纶，便召积公进京，想给他一官半职，让他为国家效力。李皇帝知积公嗜茶，便命尚食局选宫中的一流高手为其烹茶，亲赐之。结果积公只微微抿了一下，便不喝了。其实李皇帝早有准备，已在此前把陆羽召到了宫中，见此便下圣谕让陆羽为积公烹茶。茶端上来，积公一闻，觉颇合其心，故一饮而尽，说："这好像是渐儿煮的。"陆羽字鸿渐，与钱先生《围城》中那个"本事不大，脾气不小"的方公子的名字一样。

绝了！这不是"知茶"是什么？若陆羽成仙升天，积公肯定也会在陆鸿渐的碑上，像俞伯牙在钟子期的坟头摔琴一样，把茶杯摔了。

这则故事见于明朝陈继儒所著《茶董补》中《纪异录》一则。

从此则野史，可知僧人禅师饮茶由来已久，而且普及得很。云克勤禅师赠语日僧珠光中便有"茶禅一味"之句，此赠今尚藏于日本奈良寺中。另外，天宝末年进士封演在其笔记《封氏闻见记》卷六中说："（唐）开元中，泰山灵岩寺有降魔师，大兴禅教，学禅务于不寐，又不夕食，皆许其饮茶。从自怀挟，到处煮饮，从此转相仿效，遂成风俗。"当然此种饮法，有违茶道，也不符合禅的精神。

茶做了疗饥汤和加拿大约翰逊赛跑前的类固醇兴奋剂，哪还有什么"清心静虑求无上智慧"和"平常心"。但僧人爱饮茶可见一斑。

爱茶之苦味者，大约可以首推周作人先生。他有苦茶庵主的别号。他在《喝茶》之文中说："茶道的意思，用平凡的话来说，可以称作'忙里偷闲，苦中作乐'，在不完全的现世享受一点美与和谐，在刹那间体会永久。"可见，善喝茶者喝茶，茶之真实味已非至关重要，只可用心品之即可，所以又有人说，喝此种"唯心茶"者，对中国的诗、书、画、乐之理颇能解之。

在"唯心茶"者心中，茶已非茶，而只是文化的载体，自己体味人生的载体了。

我喝茶用过各种各样的容器，有玻璃的、瓷的、搪瓷的，也有土陶的，也喝过各类三六九等茶。至今除了能喝出红茶、绿茶之味，茉莉花茶之香外，其他就难以仔细分辨了。一次在诗人冯杰兄的萱园里，据他言，他拿出了他从黄山亲自携回、他家最好的茶待我，我却未解其中真味，只觉一个苦字。心中暗自思忖，这冯兄莫非是用降温粗茶来蒙我这个"老外"。

身居中原，至今仍怀念山城重庆一家一户设在街边的茶摊，一大茶桶置于门前，上悬"老阴茶"硬纸板招牌，迎风而摇而晃，二分钱可以喝到解渴为止（当然这是十年前的价格）。

"喝茶当于瓦屋纸窗下，清泉绿茶，用素雅的陶瓷茶具，同二三人共饮，得半日之闲，可抵十年的尘梦。"（周作人）我辈虽俗，却倒还愿意"偷得浮生半日闲"的，只是现在要寻这样的去处踏破铁鞋都难以找到，更别说伪劣皮鞋了。有"君自故乡来"，言及家乡的茶馆，已有不少改为音乐茶座，内售大将军、人头马等类白兰地、威士忌洋酒和咖啡、饮料等，茶倒居其次，令我这个四川游子唏嘘不已。所以呢，还是埋头喝自己"自然主义的茶"吧（冈仓觉三）。

四川有句俗语："好看不过素打扮，好吃不过茶泡饭。"是不是也有"苦中作乐"（阿Q精神?）和自然主义的味道呢？愿就教于诸位方家。

第六辑　情何以堪

秋天的童话

我不知道，我们的未来是不是还会有季节，因为现在的季节已经在改变；我不知道，我们的未来是不是还有美丽的山林和恬静的田园，因为我们现在的自然景观已遭到不少的破坏；我不知道，我们的未来是不是还有明亮、硕大的月亮，因为我们现在看到的月亮几乎都蒙着尘粒和灰雾；我不知道，我们的未来是不是还有自由的鸟，因为早在 1962 年美国海洋生物学家蕾切尔·卡逊女士（Rachel Carson）就毕其四年之功写成了没有鸟声而名为《寂静的春天》一书，警告人们要保护自然环境，而我们现在自然环境的污染却是比 1962 年的美国严重得多；我不知道，我们的未来是不是还可以在河中看见成群的鱼，因为现在本应在河中的鱼却只有在养殖场才可见到；我不知道，我们将来的孩子是不是还有山居、乡居的经验，因为现在城中的孩子几乎没见过露珠，没听过松涛；我不知道，我们将来的孩子是不是还会喜欢童话，因为现在的孩子喜欢星球大战、圣斗士之类的卡通片已胜过父母给他们讲什么安徒生、格林。

现在，我写下《秋天的童话》，留给我的现在还不识字的孩子将来读，同时也献给我们现在和未来的孩子。但愿到那时，"童话"仍是"童话"，而不被那时的孩子们认为是"神话"。

山间秋林

孩子，你听见树的声音了吗？许多许多年前，很远很远的地方，有一个叫纪伯伦的老爷爷说："如果一棵树也写自传的话，它不会不像一个民族的历史的。"你听，山中树的声音是不是在说一个个童话、一个个寓言、一个个过去了的故事。

松果是松树幼小的孩子。你看，那个挣脱妈妈怀抱的松果从树上跳了下来，在地上跌跌撞撞地滚着。你瞧它那摇摇晃晃的笨拙样子，像不像你一岁时扑向爸爸、妈妈，学走路时的样子。

对，还有水的声音。水的声音很响。水从山上下来，奔流而下，落在一个个石潭中，发出永不停息的轰响，直到它们到达平原，它们才会安静下来。山上的溪流几乎都是喜欢吵闹的孩子。

嘿，快瞧，那枚红色的枫叶顺流飞奔，一闪而过。你抓不住它，我也抓不住它。它是季节的精灵，也是山中的彗星，每年都被这山林派遣下山，准时从山巅奔向平原。就是这枚枫叶在山下的平原撞开秋天的大门的。从此，山上山下的秋天之门全部打开。

秋天就是在这时开始的，就是在我们身处的林中开始的。山中的温泉散出了秋天轻而淡的云朵，山林的气味更是淳厚浓郁。我坐在水边的石上，走过许多坎坷崎岖之路的双脚浸在水中，而你，孩子，在我的怀抱中正开始沉入秋天安恬的梦境。

在你秋天的山林之梦中，没有林妖，没有山魅，就连树和水都压低了它们喧哗的声音。你安静舒缓的鼻息和鼾声传染给我，使我也有了睡意。但我得守住你的梦境，我看见水底的石头和成群的青色的鱼一起，一次次从水中跃起来，想亲吻你悬垂的双脚。这些调皮捣乱的石头和鱼，想把你从睡梦中弄醒，让你告诉它们你秋天的梦。我不得不暂时阻止它们，挥手把它们赶走。

其实，我又何尝不想知道你的梦想。我真的想在这山间的温泉边睡去，去访问你的梦乡，成为你梦境中的人物。哦，孩子，我真的要睡去了，真的要怀抱着你做梦了……在我的梦中，我看见硕大的月亮升上松树之巅，在林间地上筛下银币一样闪闪的光斑。还有石头，石头上如丝如绒的青苔在月光映照下的水中拂动，潺潺的水声中月光腾起细碎的波纹和浪花，一路向山下流去。

孩子，在我的梦中，你不是我的女儿。你是古代那个站在临崖的松树下的孩子。你的小手指着苍茫的山间，骄傲地告诉我，那在山腰上自如攀缘的采药人，是你的师父。

这时，我的女儿是一枚树上的松针，她从树上飞下来，落到我的怀抱，在我的第三个衣扣的位置上，紧靠着我的心，收敛起好动的翅膀。因此，我的梦中至今仍飘着松树醉人的清香。

夜里的月亮

孩子，让我们今夜尝月，在月光中点数天空中寂寥的星星。那淡淡的云翳如一缕轻纱缓缓掠过月亮的脸之后，秋天的月亮就在我们的仰望中盈满了。

我会背诵许许多多诗词，我认识许许多多唐朝宋朝的人。孩子，来，来坐在我的怀抱，让我们一起朗读这月亮的诗词，朗读唐朝美丽的诗和宋朝绝妙的词。在我们的朗读中，那些诗的神仙就会披着月光飘飘的衣袂，踩着平平仄仄的诗句和节奏，横空而来——因你幼稚的童声而来，因你天真的神情而来，因你快乐的黑眼睛中照着仍是唐宋的明月而来。

在这远离尘嚣，远离水泥、钢铁、玻璃和黑色橡胶的地方，在这春天的繁花和夏日的炎热之后，山涧的水流清澈下来，天空升到一生中最高的纬度，白云中的水分被风和阳光之手抽空而轻盈漫游的季节，我写下一篇篇多情的诗。写下你的眼睛和鸟儿的眼睛中菊花一朵朵开放；写下桂花的芳香中你和一只像小小云朵一样的白兔，用指尖去蘸尝天宫的美酒；写下你的身影和笑声、歌声在草叶尖上如夜夜长大的白露，晶莹透明而没有阴影；写下清凉的风声像你调皮的双手，总喜欢搭在我瘦弱的肩头，总喜欢翻乱我桌上摊开的书。

别动，孩子，这散发着醇香的酒瓮中是天上的明月和晶亮的星辰。这用秋天的月亮酿制的酒是为从唐朝、宋朝的远方来的诗人准备的。他们中的许多都是豪饮的酒圣、酒仙，他们的诗有月亮的光辉，更有美酒的醇香。你在酒瓮中看见一张月亮的脸庞和两颗明亮的星星，正惊喜地对你微笑，是吗，孩子？

屋檐下被风擦得雪亮的风灯渐渐垂下火焰的焰舌，在最后一下耀眼的腾跳之后，院中只剩下月光和白露幽幽地照着我们的等待：大大地打开的木栅栏的院门，石头的桌子上盛着酒的杯盏、映着月亮的酒瓮，还有我潦草的等待指引的诗稿。

夜确实太深了，你的眼睛中月色朦胧，山影幢幢，在我催眠的歌谣中，月色和山影一下就滑到了你的梦之中。孩子，当你睡去，当我也睡去，他们就会来临，来到我们家的院子中，围坐在石头桌旁，为你，为你梦境的星空，吟咏月亮的诗歌。

当你醒来，当鸟儿飞翔在早晨的天空中，眼睛像树叶间闪烁的露珠一样闪亮，你会看到他们用手指蘸着月光，蘸着芳香的酒液在石头上留下的，来自唐朝、宋朝的，崭新的诗句。

早晨的游戏

早晨又干净又清新的阳光小心翼翼地推了一下我们家的门，像一个四处疯跑不归家的孩子悄悄溜回了家。我在这一声门响中醒来。屋外有无数的鸟鸣叫着飞翔，我想，我应该发明一台机器，透过机器的眼睛，让你看到这山间鸟儿的歌唱，让你看到鸟儿的歌唱在天空划过的音乐的线条，而这由无数鸟声编织的天空该是怎样美丽奇幻的天空。但你还在酣睡，小小的鼻翼随着呼吸微微起伏。我推开窗户，推开门。呀，孩子，咱家的菊花已经开放。在院中的木栅栏边，一丛丛白菊花像是冬天的雪簌拥在一起。

这如雪的菊花使我想起去冬的那场大雪，一些雪花堆积在木栅栏顶上，像一排洁白闪亮的牙齿。

孩子，你快醒醒，咱家的菊花已经开了。昨夜的那一轮月亮已落下天边，瓦蓝的天空中找不到一朵云团，只有清凉的雾在远山和我们的屋前、院中四处飘游。这些纯洁的雾岚和婉转的鸟声一起，在阳光之中，结合成一粒粒透明晶莹的露珠，凝聚在院中菊花的蕊和叶间，像一颗颗闪烁的星星挂在这个秋天的早晨。

今天天晴，又不是春天，杏花在春天才会盛开。我不和你做这个古老的游戏。你没有牛，你不是牧童，我也不是问路的诗人，妈妈已经用最新的桂花为爸爸酿好了一瓮醇香的米酒。

你这个调皮的小天使，今天，我要你飞翔，要你在晨光中沿着那一缕缕如五彩丝线般的太阳光，躲进菊花丛中的露珠，躲进那水晶般的露珠。我和妈妈一定信守诺言，一定在你飞翔时转过身去不会偷看。当你亲密的朋友——那只漂亮的鸟儿鸣唱的时候，我们才会转过身来。那时，我和妈妈将找遍所有的花瓣和叶子，把花和叶子上所有闪烁的露珠小心翼翼地采摘下来，放到我们的手心仔细查看。在我们找着你的时候，你的黑黑的眼睛就一定会在我们面前惊喜地闪亮。

行吗，孩子？你惊喜的笑声、铜铃般的笑声是这个秋天中，上苍赐给我们的，最好的，我们最为盼望的馈赠。

夕照秋江

穿过家门前在秋天中仍然碧绿的菜畦，穿过山林中仍然结着硕大的红苹果的果园，孩子，我带你去山下的江边。

你看见红苹果上那个硕大的指印了吗？那还是你的指印呢，你的指印通过夏天，已经在秋天中长大。

山下是秋收后的田畴，夏日里薅秧的人们高亢的秧歌和秋收时打谷的声音已经消失在寥廓的天空和山野。稻草垛站在安静的田野，站在夕阳中，就像夜空中无数金光闪闪的星子。

秋天的清江穿过这山谷的田畴。这时候，沿河吹来的风吹动着洁白如雪如云的芦花，瑟瑟的声音中，清江的空中和清江的水面上都飘荡起伏着如烟絮般轻盈的芦花。芦苇的枝头站着无数的鸟，就像站在冬天的雪地。这些快乐的父亲和母亲一边唱着爱情的歌曲，一边为自己的孩子寻找过冬的粮食。

秋天的夕阳太明亮了，逆光看去，河上的阳光随着鱼鳞般的水波跳跃闪烁。你和鸟儿们一样，只好微微闭着眼睛，才不会被这从河面上反射出的阳光直接射进瞳孔，而引起视觉的昏花。

喏，孩子，在从河面上反射出来的阳光中那特别明亮的光线，是清江中鱼儿们之鳞闪射出的强劲的光芒。

孩子，你瞧，你背诵：

芦花儿飘飘，

小鱼儿跳跃，

我把小手摆一摆，

冬天没有到，

不要小棉袄。

　　听见你的声音，河里的鱼儿都游了过来，它们悠闲地卧在岸边的水草丛中，有一个调皮的鱼儿还举着一枚树叶遮住射眼的阳光，支头聆听你背诵歌谣。

　　你听见鱼说话的声音了吗，孩子？一串串小小的亮亮的气泡从鱼们翕动的嘴唇上升起来，映照着明明灭灭五彩的夕阳，它们在跟你学歌谣呢。也许明天，或者后天，这些可爱的鱼儿就会把你背诵的歌谣学会，然后再背诵给我们听。

　　孩子，现在，在我的眼中，你也是一条鱼呢。我念"水清鱼读月"，你的小手就指着江中走着白色长脚鹭鸟的沙洲。这个沙洲像一轮弯弧般的月牙。一些从天空中飞来的鹭鸟在这月牙似的沙洲上扑棱棱地收敛起翅膀，然后在其上泰然自若地散步。它们一定以为这就是月亮了，这就是鸟儿在夜间飞向而终未能抵达的月亮。这些幸运的鹭鸟为此再也不会为不能飞到银河中为牛郎织女架起鹊桥而遗憾了。

　　你的小手指着这轮月亮，你读懂了这轮月亮，所以我说你是一条鱼。我告诉你，当夏天的大水落下，这水中的月亮每年都要在秋天中升起，在秋天中从一弯月牙渐渐变得浑圆、硕大和明亮。

我流出的两次泪水

"男儿有泪不轻弹，只是未到伤心处。"

十年来，我流了两次泪，每一次的泪痕都那么刻骨铭心。

1986年春天，我正在河北任丘开会，父亲病危的电报发到河南我工作的单位，单位又挂长途电话到我开会的宾馆。我绕道北京，急如星火地赶回四川老家。年仅五十七岁的父亲在我归家后的第三天早晨辞世。下葬那天，我们兄弟姊妹六人和母亲跪在父亲的灵柩前，听父亲的好友黄伯伯念祭文。祭文由我起草，然后和家人、黄伯伯商量后改定。那个有阳光的下午，我在院子中用毛笔把祭文抄在一张从商店买来的大大的白纸上。想起小时候上学，父亲省吃俭用省下钱来，给我买回这样的白纸，每次都是他为我细心地折叠，裁成作业本，我写字的手就忍不住微微地颤抖。

黄伯伯因患有支气管炎，声音有些浑浊，但他浑浊的声音却饱含感情。

开初，听着黄伯伯念祭文抑扬顿挫、唏嘘不已的声音，我的泪水还只是静静地流淌，到后来，终于随着如雨而下的泪，悲声如咽了。

白纸黑字的祭文在父亲的坟头被点燃，腾起的火苗舔着我脸上的泪光，烤干了的泪水在我的脸上留下了一道道不能忘怀的泪痕。

父亲，父亲，您的身影，您的音容难道就像这一张简短地记录着您一生的祭文，就这样永远地熄灭了么？就这样永远地不能和您的亲人再见了么？

也许到死，我都不会忘记父亲那张瘦削的脸在烛光中如蜡像般苍黄，那般渴望生命的样子。

我第二次流泪是在前年六月。快要两岁的女儿在我们报社的娱乐室玩耍，被闲置竖立的乒乓球台倒下砸伤，经检查，颅骨线性无位移骨折。在医院的 CT 检查室外，我的身体冰凉，身心极度虚弱，在心中一遍遍祈求古今中外的所有神灵保佑赖非平安无事，逢凶化吉。我一遍遍地看手表，等待妻子抱着赖非从检查室出来，等待检查结果出来。我的心怦怦地跳着，我几乎要跪在地上。

我永远不会忘记那间病房，永远不会忘记那张"病危"通知单。赖非病床的右侧是一个遇车祸损伤脑部和身体的危重病人，脑部手术后一个余月，仍然昏迷不醒。左侧病床上则是一个脑瘤切除手术后的老太太，昏迷中身体又不时地抽搐颤抖。每天每晚，几乎都能听见哭泣声、喊叫声、呻吟声。无望阴暗的情绪笼罩着病房。

那天早晨，护士来到病房给赖非打针输液。孩子太小，胖胖的小手上难以找到静脉血管，扎了好几次都没有成功。疼痛难忍的孩子声嘶力竭地哭喊着："阿姨，我不打针！我不打针！！……"

我走出病房，赖非锥心的哭喊撕裂着我的心肺。我的泪水涌泉般流出眼眶，无声地爬过脸颊。我一遍遍地质问自己：自己究竟造了什么孽，要让孩子受这么大的罪？！

我宁愿接受世上的任何惩罚，来代替孩子的伤痛！整整七天，我和妻子都待在医院，守护着输液观察中的赖非。七天后，经观察，赖非一切正常，未发现脑子有损伤异常现象，平安出院。那天恰巧是赖非两周岁生日，在家中，赖非吹熄了两支生日蜡烛，和我们，以及好几个邻居、朋友、小朋友们一起欢唱："Happy birthday to you（祝你生日快乐）!"烛光中，赖非略显苍白的脸上沾满了奶油和蛋糕。

在心中，我们全家永远都感谢大夫、护士，及赐万幸于我们的上苍。

后来，我阅读英国现代著名哲学家路德维希·维特根斯坦所著《文化和价值》一书时，读到这段话：

> 任何聆听小孩哭声并知道其意义的人都明白，哭声中潜藏着精神的力量，一种与人们通常想象的事物决然不同的可怕力量。深深的愤怒、痛苦和毁灭的欲望。

因为自己做了人之父，所以懂得了小孩哭声的意义。当我的泪水为自己的小孩流淌的时候，倍感孩子幼小身心的脆弱，倍感爱、健康对于这幼小身心的可贵！

而作为人之子的我，当我跪在父亲的亡灵前，我那汹涌的泪水却是为那把自己引领到这人世上的亲人，无法再与我们共享尘世的欢乐而不能抑制。是的，"死者长已矣"，人类世界谁也无法抗拒死亡。人类沿着比其他动物更加充满亲情的血缘之链走到今天。想我们自身来到人世，我们的孩子来到人世，上溯的所有的亲人不都已经付出了他们的爱心和希望，其中的任何一环如果过早断掉，那么我们就不会有今天，或者说没有今天的我们。这大约就是人类"寻根"的意义所在，因为想知道我们从哪里来；而我们护卫的孩子，用真理、用知识、用美教育的孩子，将完成我们往何处去的理想。

出门在外

不知道为什么，突然间情绪就低落下来了，低落得总觉得会失态地吐出一地秽物。在崩溃之后，只留下心中那堵塞不化的石头。

出门在外的时候，这种情绪总会突然来临那么一两次。而且时间愈长，次数愈多，程度愈盛。乾隆的幕僚告诉乾隆，那江上熙来攘往的船只其实是为了名利在浪沫上奔波。谁说不是呢？一人在外，为了名利，当然还鼓着满帆的信心，但一俟静心一想名利价值几何，便会茫然，便会灰心丧气，便会一败涂地。这时候，家便会成为心中向往的避风港，便会向往那安于淡泊和清贫的"老婆孩子热炕头"。

事实上，孩子在出门在外的人的心中，是想念的第一个梦景，爱人倒还在其次。在电话或信中，夫妻双方表达感情的时候，孩子会固执地站在自己的父母中间，干扰父母往日没有孩子时那种关爱的情绪和情感的倾述，语言和文字不由自主地偏离和逸出，指向孩子。关于孩子的话题成为交谈的主题和主体。

现在，我就是这样，赖非往日的天真、调皮和聪明使我总是不由自主地陷入想念的泥淖之中。而越是想念，越是心情不佳，弄得自己失魂落魄、心神不定地空落和郁闷起来，不可自拔。

四天前，在家中，我忙忙乱乱地收拾旅行的背包，赖非知道我要外出，一副恢恢不乐的样子，在沙发上背对着我玩玩具，自言自语地说："妈妈走了，爸爸也要走，奶奶也要走……"那伤感的样子令我不忍，但又不好说什么。孩子的奶奶赶快说："奶奶不走。"这才算哄过。前一天，孩子的妈妈回山东老家看望生病的姥娘、大伯，还没回来。而"奶奶要走"大约是赖非不懂逻辑的推测。

我背着包，临出门的时候，赖非拉着我的手说："爸爸，你别走!"

"有事吗?"我把她抱起来，问她。

她看着我，低声说："我们说一会儿话吧。"

我说："好吧。"

她在我耳边说悄悄话，用的是刚学会的四川口音："你慢慢走。"

我又问她："还有什么给爸爸说吗?"

"买好吃的。"她仍然俯在我的耳边说悄悄话。

我把她放到地上。我的鼻子直发酸，喉咙中堵得不行，好不容易才忍住没有流下泪来。后来，在朋友家等来接我们的汽车的时候，朋友的女儿哭闹着不让朋友出门，我就给她讲赖非刚才怎么听话。可几句话还没说完，我自己就喉咙发哽，流出了泪水，擦了三四次才总算忍住。

还有三个来月，赖非就三岁了。快要三岁的赖非既莽撞粗心，经常自个儿撞到门上、墙上和摔跤；又纤细善感，不知为了什么她就闷闷不乐起来，说："爸爸（妈妈），我不高兴!"

那天，临睡时，赖非对她刚从学校值完晚自习班回来的妈妈说："妈妈，我想你! ……妈妈，我爱你!"我已明显地感觉到赖非不仅懂得感情，而且还懂得了表达感情。看情节比较生动又适合儿童看的电视剧，赖非已会随着剧情的发展变化，用不同的表情来表达自己的心情了。

我还记得那天夜里两三点钟，赖非迷迷糊糊地醒来，听见她妈妈因休息不好、颈椎不舒服而发出的两声轻微的呻吟，她便问："妈妈，你咋啦？"

　　她妈妈说："妈妈累了。"

　　她就安慰她妈妈："你休息一会儿吧。"

　　离开家，离开赖非，一个人独处的时候，几乎每天我都要想念赖非，回想起她喜怒哀乐的种种表情和关于她的一些有趣的故事。游山玩水，到了庙宇，虔诚的揖拜中，心中念念有词的首先是祈求菩萨众神保佑赖非健康、聪明、无灾无难，然后才祈祷全家的福安。有时想，自己实在没什么出息，年纪轻轻就婆婆妈妈的，让人嗤笑。即使知道鲁迅先生有："无情未必真豪杰，怜子如何不丈夫？"内里还是有点儿虚，却总也管不住自己，所以也就只好一如既往地想念下去，直到身披仆仆风尘回到家中，孩子高喊着"爸爸！爸爸！"地扑进自己的怀中，才可释却离别的思念。

笔记毛毛

时间确实像古人说的那样，犹如白驹过隙。转眼之间，做人之子的我就做了人之父。一想到这些，似乎肩上就沉重了许多。听许多人说起过，在孩子一岁多的时候，是父母亲最困难的时候。确实这样，我和我妻子都是从学校毕业后分配到河南工作的，毛毛的奶奶、外婆远在四川、山东，全凭我们两个每天赶点的上班族早早起床，给孩子穿衣、做饭、喂饭、送托儿所。其实仅仅起早睡晚倒也罢了，一岁多的孩子抵抗力差，加之我们又缺乏带孩子的经验，毛毛三天两头生病。孩子一生病，看医生、打针、吃药不仅要花时间，影响工作，而且还让人牵肠挂肚，寝食难安。

当然，有了孩子，也就有了没有孩子的人那一份无法享受到的欢乐，也就有了那一份有形的希望。有了孩子的朋友在一起，也就有了新的话题。尤其是做父母的看见自己的孩子在语言上、思维上、智力上有了前所未有的表现，更是惊喜不已，津津乐道，好心情经久不散。

我这个做父亲的，常信手记下毛毛的一些小故事和一些有关孩子的随感，自说自话中也就享受了平凡生活中的苦中之乐、苦中之趣。

断　　奶

　　毛毛一岁又两个月，还未断奶。她妈妈放下《科学育婴指南》一书，痛下决心，毛毛的奶从明日开断。次日就外出开会的我，虽听不见毛毛的哭闹，省心倒是省心，却不安。

　　开会归来，见家中一米余的维纳斯雕像身着夹克，大惑不解，不假思索，顺手脱去。也许是搞美术的妻子在画达达主义风格的作品吧，我想。

　　下班后，妻子从托儿所接毛毛回家，毛毛见维纳斯后，歪头沉思片刻，大喊："奶！奶！"

　　我恍然大悟，忙用身体遮住维纳斯，却已晚矣。毛毛触景生情，唤起记忆，转身扑在她妈妈的怀中掀衣寻奶。她妈不依，毛毛急得乱抓乱挠，号啕大哭，像是犯了鸦片烟瘾一般。

　　我自觉"有罪"，使毛毛的断奶计划前功尽弃，坐在边上叹气，只好说些"这次依了她""重头再来""晚上我管孩子"之类的安慰话。

翻　　书

　　毛毛刚岁余，当然大字不识，但好奇心却不弱。一日，我们正吃饭，毛毛进了我的书房，久久不出。我们一边诧异毛毛今天怎么这么乖，一边正乐得清闲，不慌不忙地细嚼慢咽。但到后来，我终拗不过自己的好奇心（大人亦有哉），进书房去看她。毛毛坐在地上，满地都是书，她一副坐拥书城、优哉游哉的读书状，这本翻了翻那本。即使我走过去站在她的面前，她也不理会我。书架下部的三层书，全让她拨拉到了地上。我哭笑不得，对毛毛戏曰：

"毛毛不识字，何必乱翻书。"

现在，我故意把书架下部的书挤得前心贴后背，毛毛就无计可施了。

牙　签

四川有句顺口溜，曰："牙齿长得稀，爱吃好东西。"我家牙签常备，却不是我们一家三口天天大鱼大肉，牙齿需常剔不懈；也不是因"贫穷落后"，三顿吃论堆计价的老菜，饭后要在口中挑筋去皮。我家牙签的用处，外人恐怕难以想到。

没有孩子之前，两个年轻人在一起过生活，家中何曾有成盒、成抽屉的药。而有了孩子，尤其是孩子一岁多之后，似乎一进家门就闻到了药味。当然这味，久而久之也就充鼻不闻了。

给毛毛喂药是一大难事，需两人协调配合。否则毛毛是小牙紧咬，绝不松口；要不就是又蹦又跳，把你勺中的药弄洒地上。

我家牙签就是给毛毛喂药用的。因为药粉要在勺中多次搅拌之后，才可达到水药交融之地步。而我家，牙签是最好的搅拌工具。

袜子　鞋子

两个人带一个孩子，尤其是早上上班，和打仗差不多。妻子在厨房煮奶之类的毛毛早餐，我把毛毛从睡梦中推醒。

"毛毛，醒醒，该去托儿所了。"如此反复几次，毛毛才睁眼。

给毛毛穿衣服也是一大难事。冬天的衣服多，里三层外三层的，要花好一会儿工夫。像我这样既不细心又无耐心的人还常常忙中出错，弄得头上冒汗，心急火燎的，因为要赶点上班。

一次，待给毛毛穿好衣服，却找不到她的袜子，我就问她："毛毛，袜袜呢？"

"袜袜穿鞋。"毛毛睡眼惺忪地答。我想，大约她的袜子塞在鞋里了，便四处遍找，毛毛也光着脚丫钻到了床下，但仍不见其鞋影。

"鞋呢，毛毛？"我又问。

"鞋走了。"毛毛答。

毛毛的这一回答充满天趣，令我的烦躁顿去。儿童便是诗人，真真如是。

"自由注解"一

毛毛从小调皮好动，竟有些男孩子性格，长得也胖，虎头虎脑的，从形象上看，大多数人都以为是男孩子。她学说话也早，不到一岁就可以说不少话了。记得那时她才六个来月，她坐在婴儿车中自个儿玩耍，我们和朋友在一旁玩"卫生麻将"，她在旁边几乎不停气地说"话"，呜哩哇啦的，有一句很像是叫我的名字，一会儿一叫，一会儿一叫，惹得大家哈哈大笑。

八九个月时，毛毛就可以站在学步车中，自己推着车子在家中乱走。晚饭时，她便把她的车子移到我们低矮的饭桌边，稍不注意，她就伸手在桌子上乱抓，把筷子、汤勺弄到地上，把碟子中的菜弄到桌上，一塌糊涂，搞得我们无法好好吃饭，害怕热的汤菜烫着她。我便找了一截尼龙绳，把毛毛的学步车系在家中的暖气管线上。毛毛的智力和思维自然还没有达到可以明辨这个"阳谋"的地步。她的学步车只能在很小的范围内活动，她仍然兴高采烈地哇哇欢叫，或许还有点儿对自己原来运行自如的学步车突然不能随心所

175

欲的不解。她那乱挥乱舞的小手离我们的饭桌总算是可望而不可即了。

看着毛毛一脸的欢笑和高兴，一脸的天真和纯稚，心中突然涌起难过不舒服的感觉来。她的"自由"被他人剥夺了，自己却不知道，仍然欢乐如昔。自己良心发现，终于把毛毛的车子解开，还了她的自由。

"自由注解"二

毛毛周岁后不久就被我们送到了托儿所。一是想培养她过集体生活的观念和习惯；二呢也可减轻我们的"财政开支"——孩子留在家中，对于我们两个上班族来说，家中就必须请一个保姆。

刚开始，毛毛确实不愿意，一送进托儿所她就号啕大哭，一声声喊着"爸爸妈妈"，一双手固执地伸向你，盼望"狠心"的我们在转身离去的那一刻改变主意，把她抱进怀中离开这陌生的地方。作为孩子的父母，我们却必须站稳"铁石心肠"的立场。从孩子那声嘶力竭的哭喊中，我深深地理解了被遗弃对于一个孩子的痛苦。还好，毛毛大约这么哭闹了一个星期，就不再那么"生离死别"地依恋我们了。托儿所的阿姨说，有些气性大、性子硬的孩子，送进托儿所差不多要哭闹一个多月，才会好起来呢。比起来，毛毛还算是"识时务的俊杰"，较为迅速地适应了新的环境。

春天，天气转眼就暖和起来了。花开树绿的春天是孩子们户外活动的好季节。托儿所的阿姨带孩子们出门玩耍，怕不懂事的孩子乱跑，让自行车、汽车撞着出意外，便拿一根长长的绳子，命令小孩抓住绳子，排成一列纵队，不得乱跑，前边一个阿姨牵着，像牵着一队小羊羔。

只毛毛一人有令不行，阿姨严厉训斥仍无济于事。她不但不拉绳子，还乱跑，且屡禁不止，气得阿姨无计可施。第二天，阿姨又要带孩子们外出，为使毛毛免出意外，便决定到托儿所外活动时不再带上毛毛，而把毛毛一人关在屋中，形同禁闭。妻子知道此事后，可怜不懂事的毛毛，便向阿姨求情，并出一主意：用一根绳子一端系在大家拉着的绳子上，一端系在毛毛的腰上，以此措施防止毛毛乱跑。

孔夫子语云："随心所欲不逾矩。"如人能达此自由境界，即使不算是得道成仙，至少也可以算是圣人，我辈芸芸众生，恐怕今生无缘了。

模　　仿

我把毛毛从托儿所接回家的时候，她妈妈正在厨房做饭。回到家中的毛毛自然是自由活动，我懒得管她，也懒得进厨房"干涉"，虽不算什么君子，也不妨来一个"远庖厨"的偷懒哲学，歪在书房读闲书。

毛毛进了厨房，问她妈妈要挂在墙上的长把小铁瓢。她妈虽不知道她要干什么，还是顺手取下来递给了她。一会儿之后，我去客厅，见毛毛正用铁瓢像打高尔夫球一般在打西红柿，打破了的西红柿在客厅中乱滚，弄得西红柿水淌得地上到处都是，其状"惨不忍睹"。后来才知道，那天托儿所的阿姨带毛毛他们外出玩耍，经一个老人活动的门球场，毛毛看见那些老人玩得那么高兴，她记在心中，回家就模仿起来。

门球是近些年才在全国新兴起来的一种小体力的体育活动，其形式和高尔夫球相近。但场地较小，篮球场那么大，击球的木杆为一"T"字形，球不允许离地，目标不是一个洞，而是一个小小的门，以击球入门的次数来分胜负。

"地上霜"

爬格子的人大约都差不多，晚上读书或写作得很晚，而且有时天还没亮又早早地起床，休息没有规律，极易影响他人。我也这样。为了不影响毛毛和妻子正常的休息，大多时间我都独居书房，乐得自由自在，随心所欲。

暑假到了，毛毛在武汉上大学的舅舅到我家来玩，我便把书房中的单人床让给他住。夏天实在太热，三人挤一床，自然受不了，我仍然采取"分居"政策，在地毯上靠窗铺了一个地铺。

月亮很圆，风从打开的窗户中吹进来，窗帘在风中时开时合，如水的月辉也就在我的身上摇来晃去。毛毛从床上坐起来，歪着头很专注地看了我好一会儿，然后郑重其事地说：

"爸爸，你是地上霜吗？"

我们皆大笑。毛毛当然对我们的笑不得其解。确实，毛毛的年龄还根本不能理解唐诗的语言和意思，对"床前明月光，疑是地上霜"也只是录音机那样，即使能很流利地背诵，也只是"鹦鹉学舌"，和背一二三四五没有两样。大约是周作人先生说的，他不喜欢莎士比亚，因为莎士比亚的种种动人处不是他自己发现的，而是别人灌输的。教小孩子古诗大约也无意义，甚至可能适得其反，这种填鸭似的硬塞会败坏了孩子对诗歌这种美好语言的胃口，使他们长大后仍然兴趣索然，敬而远之。

修　　理

冬天来到，室内暖气太热，空气干燥，加之感冒，引起妻子的咽喉肿痛。吃了些含片，似乎仍无济于事。临睡觉时，妻子说：

"这喉咙真不舒服。"

"妈妈，我给你修一修吧。"毛毛接过话头说。

喜　　欢

对于一些词汇的意义，小孩子是从大人的使用中理解的。大人在使用一些词汇时，总要配合与其意义相谐调的表情。小孩子便从这些方面知道了这些词汇褒贬的色彩。譬如，大人总是喜欢问小孩：你最喜欢谁？你最爱谁？你想爸爸（妈妈）了吗？而这些问题一旦得到孩子肯定的、符合问者意愿的回答时，问者总是忍不住要喜形于色。相反，则会"若有所失"，不自觉间露出失望的神情来。而这些使大人乐陶陶的回答，或者说关键的词汇，在一段时间后，自然就会使小孩子认为这些词汇是一些好的、需要的"东西"，他们自然也就要领受一份。

我出差回到家，照例要问毛毛：

"你想爸爸了吗?"

毛毛偎在我的怀中答：

"我想爸爸了。我还想妈妈、奶奶，还想我自己。"其实妈妈、奶奶天天和她在一起。

对于"爱""喜欢"这样的词也一样，毛毛回答除了她喜欢和爱全家人外，她不会忘了"喜欢"和"爱"她自己。

笑

毛毛晚上睡觉很不自觉，总是要人监督和她妈妈陪着她，她才肯上床睡觉。否则她会不知疲倦地玩到很晚，第二天早晨就睡不醒，耽误去幼儿园。而她妈妈又总喜欢在晚间这个安静的时间看看书，或看自己喜欢的电视节目。

好不容易才把毛毛哄上床，脱了衣服，盖上被子，在被窝中，毛毛仍然兴奋得很，不好好闭上眼睛睡觉，话不停口不说，还乱钻乱动，气得她妈妈火起，便给了她一巴掌，虎着脸，闭上眼睛不理她。一个大人，其实很难和一个不懂事的小孩真正生气，看着毛毛的黑眼睛一眨一眨的，一脸的天真稚气，故意拉着的脸便很难坚持多久，这时心里就想笑，又不能就这么太无原则性地"阴转晴"，所以就只好使劲憋着，或者转过脸去偷偷地笑。

她妈妈睁开眼，虽没说话，但看见一脸调皮表情的毛毛，也就情不自禁地笑了一下，迅即就又闭上了，并把表情重新归到严肃的位置。这一笑却被毛毛看见了。又过了好一会儿，她妈妈再次睁开眼睛的时候，毛毛小心翼翼地告诉她妈妈：

"妈妈，我刚才看见你笑了。"

你说，你还能不笑吗？

摸 耳 朵

一个人的习惯从小养成之后，便很难改了。

毛毛从小就和她妈妈在一起睡觉，每睡必摸她妈妈的耳朵，只有摸着她妈妈的耳朵，她才能睡去。即使她半夜醒来，她也要找到她妈妈的耳朵后，才能重新入睡。如果她妈妈不予"配合"，她便不依不饶，大哭起来。

有时她烦躁，一时不能入睡，她摸她妈妈的耳朵便一会儿左，一会儿右，把她妈妈的头像拨拨浪鼓一样拨来拨去的。

我想这可能不仅仅是一个习惯问题。当小孩子在黑暗中闭着眼睛的时候，他可能有一种不安全的感觉，担心、害怕，担心梦醒之后，自己不知身在何处，害怕在睡梦中自己被"出卖"和遗弃。所以他们在临睡时需要抓住一个他们习惯了的、实在的东西，就像在河中的人急于抓住哪怕是稻草一样的东西一样。这大约是人的本能。其实，当成人在一处陌生的地方或旅舍入睡时，心中不也有一种隐隐的不安吗？

毛毛的妈妈不在的时候，她就摸我的或者是她奶奶的耳朵睡觉。不知道毛毛要长到多少岁才能不再摸着我们的耳朵睡觉。

名　　字

毛毛还没生下来，我和她妈妈就开始为她的名字忙乎。赖这个姓不太好取名，它本身的意义有些"不好"，和别的字词一组合，都像是在名字前加上了一个数学上的负号，意义就走向了反面。经过查字典和再三斟酌，我们决定不管是男孩，还是女孩，都用赖非这个大名。算是走了哲学"否定之否定"的道路。"赖非"倒过来的意思便成了"不赖"——盼望今后人人都为她"叫好"！

"毛毛"这个小名可算是顺手拈来，并无意义，南方人家的小孩叫毛毛的很多。妻子有一个表姐，她喜欢《易经》、测字之类的玄学。大约是去年吧，她来信告诉我们："赖非"这个名字不太好，从"非"的字形上讲，有十个向外的角，太张扬和外露，易受损伤。结果不幸被她言中，赖非三岁这年便两次住院，搞得我们心里很紧张。这种事，事关孩子，经人"点明"，我们心里自然就有了一个不算小的疙瘩，也就从心底里"宁可信其有，不可信其无"了。所以那次看电视，里边有一个叫什么辫的女孩，很漂亮，"辫儿"叫起来又响亮好听，意义又通俗，富有中国传统特色，恰巧我又特别喜欢毛毛扎小辫，所以就开始废"毛毛"而立"辫儿"，或者直呼"赖小辫"，平时则不再叫她的大名了。"赖非"二字只作为她上幼儿园用。

辫儿有不少玩偶，布娃娃和玩具狗之类的，它们都姓赖，也都有自己的名字，辫儿是它们的妈妈，她叫它们赖可、赖力、赖思（nice）。

"金 玛 玲"

　　"金玛玲"是个女孩子的名字，或者说是这女孩子的语音。"金玛玲"七岁，没上学，不识字，连1234都不会写，不会认。我不知道她的名字该写成"金玛玲"呢，还是"靳马琳"，或其他同音的字，所以姑且用"金玛玲"代替。为了行文写作的方便，在下边的文字中"金玛玲"三字将不再加上引号。

　　我居住的这座城市基本上不分什么市区和市郊。因为地下富集石油，许许多多与石油有关的产业工人就从全国各地会集此地——河南省东北部，黄河下游北岸。十年间，这里就形成了一座石油化工的新城市。

　　我家住三楼，下楼往南大约一百米就是赵村的田地。站在我家楼上就可以看见赵村，树木掩映着，好大，有一千多村民。一条河从村外绕过，早上或傍晚，阳光斜射在河面上又反射出来，使赵村生色不少，像是沾了很吉祥的紫气瑞光。这条河叫马颊河。

　　金玛玲的"家"不在赵村，她的父母不是赵村的村民。她家孤零零的，一间屋，很破旧，又没维修，屋脊有些塌，一年四季都长着草，黄的或青的，甚至还有麦苗。这屋子原是赵村的机井房，不知是因水脉干了，还是井塌了，机井报废，房子也就闲置无用了。这房子在我家东南方向，两百来米。我常常带着两岁的赖非晚饭后到这片田野中散步。

　　第一次见到金玛玲时是今年春天。记得那时麦苗已经深黑，高也齐膝了。晚饭后我带着赖非散步，从那屋前走过，才知空着的房子住了人。门前屋后堆着件捡的破烂儿，有些整理过，有些没整理，一个三十余岁的男人和一个与男人年龄相仿的女人正在门前分拣、洗刷捡来的破烂儿。男人和女人的脸都一律面无表情，一副专注干活儿的样子，有人从门前过，他们也不抬头看。我和赖非都看见了金玛玲（那时还不知道她的名字）。因为风大，大约金玛玲又穿得单薄的缘故，她站在一个废旧的纸箱中，只露出一副圆圆的脸。她两只黑黑的眼睛明亮有神，东张西望着；黄色，很稀疏的头发在风中被吹得胡乱地起伏。看见我们走过，她向我们微笑。很天真的微笑。

　　又过了些日子，仍然是傍晚，麦子的针芒上挑着酡红的夕阳，逆光看去，麦浪起伏，麦穗摇曳，鸟儿在麦地中飞来飞去。我拉着赖非，老远就看见那个纸箱中的小姑娘和一个小男孩在屋后的小草地上玩耍。我们走过去，小姑娘把手里一架坏了的玩具汽车递给赖非，大大方方的，毫不羞涩，只是不说话，一味地笑，细密的牙齿整齐地黄着。赖非毫不陌生地接过玩具汽车，三个人在草地上玩了起来。一会儿，小男孩又从屋中拿了不少破旧的玩具给赖非。看起来，这些玩具都像是捡来的。三个孩子在草地上蹲着，对着一堆破旧的玩具玩得聚精会神。小孩子都这样，别人家的东西总是好玩好吃。所以有些任性的孩子到了亲友家，常常弄得大人一脸尴尬——好像自个儿家中没吃没喝没玩的，虐待了孩子一样。

　　我也蹲下来和他们一起玩，相互熟悉了，我问小女孩："你叫什么名字呀？"

　　"金玛玲。"小女孩答道。我这才知道她叫"金玛玲"。

　　转眼之间，麦子就熟了，赵村中那些到城中做生意、打工的村

184

民都回到了家中。一大早，站在阳台上伸起自己的懒腰，一个哈欠还没打完，抬起头来，那些在晨光中站着的麦子就安静地躺在了地上。那些锋利的镰刀在收割者的手中快速地挥动着，不时碰撞到正用劲射过来的红色阳光。这时，雪亮的镰刀就在田野中一闪，一缕反射的光束就划过夏天早晨干净的天空。正在收割的麦地就像夜间晴朗的星空一样，飞走的镰刀眨着闪光的眼睛。

傍晚，我们一家三口到田野中散步，又看见了金玛玲。我对妻子讲了金玛玲和我、和赖非的相识。妻很惊讶，认为这么大的孩子应该待在学校里才对。这么小的年纪就跟父母到外边捡废旧东西，实在不能令她相信。妻平时总是在家干那些没完没了、乱七八糟的家务事，很少同我和赖非一起散步。这是她第一次见到金玛玲。金玛玲说，她爸爸妈妈到地里帮赵村的人收麦子去了，每天还喝啤酒哩。她哥哥出去玩去了。

妻子执意要把金玛玲带到家中。我说，金玛玲的父母回到家中，见不到金玛玲会着急的。妻子仍然不改主意，我也就只好听之任之了。

在路上，我们知道，金玛玲的家在河南南部的南阳，前年就从老家出来了。金玛玲原来还有一个妹妹（好半天，我们才弄清她所说的是她的妹妹，她好像对哥哥、弟弟、姐姐、妹妹这些极简单的常识都搞不大清楚）。大约是去年吧，在一个火车站附近的公路上，一辆疾驰的拖拉机把她爸爸撞昏过去，小妹妹也被车子轧死了。出事后，拖拉机司机驾车逃之夭夭。后来，我见到金玛玲的父亲，看见他一跛一跛地走路，心想，这大约就是那次车祸留下的"后遗症"吧。

回到家中，妻子把金玛玲带到卫生间，用温热水好好地把小姑娘梳洗了一番，然后把一件因太大赖非还不能穿的新衣服给她穿上。

她端端正正地坐在赖非的小板凳上看电视。电视里正播映着《动物世界》节目，那些多姿多彩、美丽的热带鱼在荧光屏上游来游去的。金玛玲看得聚精会神，一脸的惊奇。赖非热情地搬出自己的玩具，要和金玛玲一起玩，金玛玲却不怎么愿意。在金玛玲看来，彩色电视中的海底世界比玩具神奇有趣多了。

临走时，妻子教了金玛玲1至10的读写，还送了两支削好了的铅笔、一个写字本给金玛玲。写字本的第一页上，每一行的第一个空格中，妻子都端端正正地写着她教金玛玲的阿拉伯数字，让金玛玲把每个字都写一行，多多练习。妻子在一所中学做美术教师，所以对小孩子们常常就不自觉地"好为人师"起来，体现出其"天职"的责任。

第二天中午，我们正在吃饭，妻子还一边吃饭，一边软硬兼施地把调皮好动的赖非安抚在桌前，喂饭。每天中午都这样，每个程序都环环相扣，没有半点儿间隙，急着做饭，急着吃饭，急着喂不好好吃饭的赖非，急着收拾碗筷洗涮，急着送吃过饭的赖非到托儿所睡午觉。听见敲门声，我去开门，金玛玲和她哥哥站在门外，看见是我开门，金玛玲露着牙齿含羞地笑着，她哥哥用手挠挠乱蓬蓬的头发，也嘿嘿地笑着。

我把他俩让进屋，赖非见是金玛玲来了，高兴得不得了，饭也不吃了，就要和金玛玲一起玩，她妈不依她，她着急得哇哇直哭。我和妻子的态度都很强硬，一脸的严肃，强迫赖非抓紧时间老老实实地吃饭。

金玛玲和她哥哥坐在沙发上看电视，电视中大约不是《午间新闻》，就是《经济半小时》之类的。这样的节目对小孩子来讲确实无聊之极。加之我和妻子忙着管孩子，无暇与金玛玲兄妹俩说话，再加之我们对待赖非的那种"脸色"，没坐一会儿，金玛玲兄妹俩站起来就要走。为此，后来我们想到这点时，不安了很久。

有许久时间，我们都没有再见到金玛玲。她没到我家来，我也因那段时间太忙，好长一段时间都没去田野中散步了。有一天，妻子带着赖非出去了，回到家中，妻子告诉我，她俩去了金玛玲的"家"。坐在那又矮又小的小屋中，妻子有意无意之间告诉金玛玲的母亲，还是应该让小孩子上学、学知识之类的。

妻子一脸的沉重，一声又一声地感叹人间的不平、上帝的不公平。婴孩赤裸裸地来到人间，他们有什么过错？即使有什么"原罪"的话，降临人世的所有小孩不也都是一样吗？事实上，从婴儿落地的那一刻，其实更早，他们中的许多就受到了这个世界不公正的待遇，甚至到了入学的年龄，连起码的教育都享受不到！

金玛玲曾告诉我妻子，她父母有时还把捡拾来的、变馊了的食物给她吃。想到自己的孩子吃穿不愁，还娇生惯养，心中不时就有一种犯罪感。

前几天又看见了金玛玲。她和她哥哥一道，肩上一人一个尼龙编织袋，在家属区的垃圾桶中翻找东西。赖非看见了，大声地喊"姐姐"，她回过头来，看见是我们，也没答应，背上口袋和她哥哥一道匆匆忙忙地走了。走了好远，赖非还在喊："姐姐……姐姐！"

七八岁的女孩子，八九岁的男孩子，即使他们没有受过一天文化教育，他们和别的小孩也一样，同样有着天生的敏感、天生的自尊心和羞耻心。

我想，在他们的心中，他们肯定把自己和别的穿得干干净净的同龄人做过比较。但我不知道，他们比较之后，是否想到是谁伤害了他们幼小的心灵。而他们受到伤害后，又该怨怪谁。

南游记事两件

　　四月湘西之游，从张家界、武陵源归来，我在给朋友们的信中，多次引用清朝风流明士张潮在其所著《幽梦影》中之名句，"文章是案头上的山水，山水是地上的文章"之"典"，来形容张家界是一部"旷世奇著"。我知道，我锦绣中华钟灵毓秀，奇山异水遍布，但我的眼睛，我拍摄的一大摞风光照片告诉我：张家界、武陵源之自然风光美甲天下！

　　然而那比张家界、武陵源的自然风光更令我刻骨铭心的是我目睹的与自然风景区的美丽风光无关的两件事。每当回想起张家界、武陵源的绝佳山水，我就会想起这两件事来。

　　4月11日下午，我们一行三人搭乘的中巴从张家界风景区开进了大庸市。在一个站牌下，中巴停了下来，两个旅客下了车。在站牌下，一个盲人拄着寻路的木杖在等待公共汽车把他载到他要去的地方。也许，他能站在那个站牌下边，也是因了别人的指引。在他的身旁没有别的人，他和站牌站在一起，一双空洞黑深的眼睛令人不忍久睹。他听见了中巴停车的声音，他一定以为是他搭乘的公共汽车在他的等待中开来了，他的脸上有了明显的喜悦的表情。他用拐杖试探着向中巴走来，但中巴在他的拐杖还没有碰到以前，吱呀

188

一声关上了门，然后就开走了。我从车窗口回过头去看他，他的拐杖举了起来，张大的嘴巴高声地发出茫然不解的"哎……"，连续几次。在腾起的灰尘中，他拄杖的身影渐渐小了下去，直到消失。

没有人告诉他车门为什么会在他的面前关上，没有人告诉他在他等待的站牌下，车子停了又走，仍然把他抛下不管。我能想象他愤怒的脸，我能想象他愤怒中睁大的空洞黑暗的眼睛；我甚至能想象他失望后内心的仇恨。他恨他眼前这辆匆匆开走的车，开车的司机，车上的人；他恨这缺乏人情、冷漠的社会！

我有过等车的经验，我们许多人都有。不知何时车来的心境总是烦躁、焦虑、不安。但我们有一双明亮的眼睛，我们身体康健，我们的自信心总会理智地缓解这"病态"的心情。

我乘车的困倦一扫而光。我的心被一种不可名状的东西刺痛。但我不知道怪谁。怪司机？怪那个懒得连话都不愿多说半句的售票员？怪我自己？

我们在大庸北火车站下了汽车。我们将在夜间搭乘从襄樊开往柳州的列车，到罗依溪车站下车，然后去拍摄电影《芙蓉镇》的外景地游览。

我们在大庸北火车站候车室候车的时候，一个断了手指的乞丐跪在地上，用两只无指的秃手夹着一个破烂的搪瓷缸向候车的人乞讨。有许多人因乞丐的肮脏和可怜相，厌恶地转过脸去，不予理睬；也有人在乞丐的破缸子中扔上几分或一毛、两毛钱。有三个金发碧眼高鼻梁的外国人看见了这一切，但并没有什么虚妄的评论。我就坐在这三个西方人的对面，我并没有为我的同胞中有这样的乞丐而羞愧。因为我知道，几乎在世界上所有的国家，在他们的国家，都还有着乞讨这种"职业"。从事这种"职业"人数多寡的区别不是

189

本质的区别，而只是"五十步"与"一百步"的区别而已。

这时候，一个车站警察走进了候车室，从他的那个角度他可以看见跪在地上乞讨的乞丐，但不能看见三个外国人。他靠在门边卖副食品的柜台上一边抽烟（候车室的墙上贴着"严禁抽烟"的告示），一边和服务小姐说话。抽完烟，他便走了过来，这时，他看见了三个特征明显的外国人。他的"爱国之心"如火山一样喷发出来，怒火中烧般地快步走到乞丐跟前，用穿皮鞋的脚猛踢乞丐的屁股和身体。

"滚出去！滚出去！"

警察怒吼着，一脚把乞丐手上的搪瓷缸踢掉。缸子在候车室的水泥地上叮叮当当地滚动着，钢币和纸币四散。乞丐还没来得及把地上的缸子和钱拾起来，就被警察踢出了候车室的门。

三个西方人目睹了这一切，他们脸上的表情除了惊愕不解，还有忍不住的愤怒，还有低声的议论，用他们的语言。

我在椅子上如坐针毡，气愤得直想颤抖。我想，我应该告诉那位粗暴的警察不能这样，但我没有。我是一个胆小的人，出门在外只有夹着尾巴做人，少惹是非。何况，我将要面对的是一个警察。去和警察讲理？

我站起来，去看那个被警察踢出门外的乞丐。乞丐并没有离去，他坐在门外的地上，发黑的脸显得是那样的可怜和无奈。他大约想等警察走之后，再进来"收拾金瓯一片"吧。我从门口到我的座位之间，在地上四散的钱币之间，至少来回走了四趟，我才最后下定决心帮乞丐把地上的钱捡到缸子中，交给门外的乞丐。我至今仍不知道我是因为什么而害怕和犹豫。是怕抛头露面？是怕自己可怜的正义感被人误解？还是怕别的什么。

我把一分一分的硬币、一张一张纸币捡起来，放到缸子中。那么多的人看着我，我竟紧张得手都有些发抖，但我的表面仍装出平静的样子。走出候车室，我把装着钱的缸子递给乞丐，他扑通一声跪在了我的面前。我又从衣兜中掏出了一毛钱给他，说："你快走吧，别在这儿。"当我回到座位的时候，我看见有一个人把脚下我没有捡到的两毛钱捡起来，向门外走去。我在心中嘘了一口气。

后来，我在排队检票的时候，我用英语问三个西方人："Where are you going?"（你们去哪儿？）"We are going to Guilin."（我们去桂林。）其中一人说。

其实这不是我想说的，我并不想知道这三个西方人要去什么地方。我想对他们说的是我们也恨那个警察。但我们国家的警察并不都是这样！

我真的不明白，在我那么愉快的张家界、武陵源之游后，会是这样一个灰暗的、败兴得令人难以忍受的结束。现在，我把这两件事记下来，但愿今后在我谈起张家界、武陵源快乐兴奋的旅游时，彻底忘掉这令人不愉快的两件事。

第七辑　平常景象

平常景象

　　这是四月里的一个早晨，一个星期天的早晨。因为昨夜和几个朋友一起喝酒，酒后微醺，便早早上了床，所以今早起得早些。

　　我走出家门，习惯性地走上了我每天上班都要走过的路，一条长着杨树和柳树的河堤。这时候虽然天已大明，但路上仍然行人稀疏，断没有平时那样车来人往、铃响车鸣的繁闹。这大概是星期天又有些天早的缘故。我悠闲地走走停停，就像一个惯于在早晨修身养性的老者。我用平静而又陌生的眼光环顾四周，不再像平时上班下班一样匆忙行走。不知道为什么，真的不知道，在这片最熟悉的景象中，在这条重复过无数次的路上，我的心轻轻地动了一下。面对眼前曾经那么熟视无睹，而今天却变得这般陌生、这般透着自然之美的景象，我欲言而又无语。

　　河两岸那些直立和弯曲的杨树和柳树的叶子，像一页页写满淳朴安静的诗的书页一样。哗哗翻动的声音犹如天籁般的音乐一样感人至深。在这样一首恬静的音乐中，我的双耳、我的心灵仿佛真切地听见了这些树抽芽的声音、两岸的草地变绿的声音。这是春天啊！我同许多的人一样在过去烦琐的日子中走进春天，而浑然不知。那一股股极轻极淡的气晕，便是那春天的精灵，在我的头上，从一顶树梢游向另一顶树梢，随我缓缓前行，使我今生第一次呼吸到了这种充满蓬勃的生命和春天的绿色的气味。

　　我站住，倚树而立，像一个胸怀爱恋的情人，满眼的痴迷中透出如水的光泽，看河中清澈的水流泛着鱼鳞一样细纹的光波和水流上漂着的阳光的碎金。那清凉的晨风逆流吹过几乎是无言无语的水面，那细密的水波，便如我此时此景中的心境，静静地扩向看不见的远处，沿着春天的河流，弯曲着潺潺而去。

　　我想到了爱情，想到了我未出生的孩子，想到了祖国，也想到了我已许久没有写诗的缘故。生活着是美好的，而繁重的生活却又使我们的心灵无法安宁，无法看见我们身边许许多多自然的、普通的却又是本真的美。我恍然大悟。我突然坚信不疑，这些河流、杨树、柳树、草地，甚至天上的云彩——自然中最普通的景象，无时不在为我们人类微弱的生命、我们脆弱的情感、我们的爱创造阳光、土壤、水、空气……这样不仅使我们生存，而且还使我们感受美好的东西。

瓶中菊花

已是十一月的天气，几乎是冬天了，我不知道你从什么地方采来了这一束淡紫的菊花，插在我书桌上一只古色古香的空酒瓶中。我想，这该是今年秋天里最后的菊花了吧。

菊花似乎是在瓶中开放的，就在我这张堆满杂乱的书、纸的桌上，在今天清晨，在我温馨的梦的尾声中，悄然开放的。我拉开窗帘，让窗外初升的阳光、湿润新鲜的阳光透过明亮的玻璃照进房间。我看见，一股极轻极淡的清香，那种不可言喻的美好的感觉就在这早晨的阳光中，随着在晨风中微微飘动的窗帘，在我小小的书房中无声地浮动。

望着这平淡无奇、貌不惊人的菊花，望着窗外旷无际涯的麦地，我无法回到古代，与那些风流名士，与采菊东篱下的陶潜老先生把酒临风，吟诗作对。我唯一的怀想，就是故乡山中那像星星布满青黛的天空一样布满秋天的山坡和林地的野菊花。

那是秋天，我和你一起回到几千里之外的川西，去看我乡下的母亲，去看故乡秋天中山的景象。我们并肩坐在溪涧中的圆石上，把赤足伸进微凉的水中，听鸟儿的叫声美妙地穿过阳光、穿过柔软的水在石上、在我们的赤足间抚摸的声音；看脚下如玉一样碧清的水揉动绿色的青苔，潺潺漂动的样子。那水湄边的野菊花就在水中摇晃，就像一个浣衣的村女以水作镜时的害羞模样。我把一朵野菊花插上你的发间，你取下来又插在衣上。你说，这简直就是一部老式爱情片，镜头缓慢、音乐沙哑，普通话生硬，而且文白夹杂。我俩都哈哈大笑了，水花溅了我们一身。也许，从这时开始，你就喜欢上了菊花。

而这些，现在离我们是不是已经很远了？远得需要回忆？远得在我们回忆时觉得我们是在矫情？

现在，我坐在我的书桌前，我们的小女儿还在梦乡神游，你在厨房为我们这个小小的三口之家做着早餐。每天，我们都这么匆忙地干着家中一些杂乱的、必须干的事情。我们已经很难有时间去散步、去旅游了。我们为实际的生活繁忙着，我们正在毫不知觉地失去我们心灵间最珍贵的东西——那种对美好事物的感知。而今天，你采来的小小的一束菊花，唤起了我对山村田园的怀念，唤起了我几乎麻木的热爱自然的知性。

我听见阳光和晨风抚摸菊花的声音，我看见晶莹的露珠，犹如那美丽的眼睛和小心翼翼的指尖，停留在花的蕊瓣。一首无名的音乐和一首低吟的古诗响自窗外的暮秋，令我轻合双眼深深呼吸，令我心潮起伏而又无以为言。

老婆（现在我叫来是多么的亲切），我疏忽过你身着的美丽新衣，疏忽过你烹制的精美晚餐；而今天，我再也不能疏忽你插在我的桌上，小小的一束菊花。

雨　天

秋天又到。秋天的雨滴敲打着屋顶，声音像我的心情一样杂乱。雨痕弯曲着从窗玻璃上蜿蜒而下，像那看不见的泪痕。你在我身旁呵呵呵地欢叫，而我却一言不发。

孩子，在这样阴晦的天气，父亲总是心神不宁，不是在屋中困兽般地走来走去，就是久久地伫立窗前，一动不动，看窗外雨雾弥漫，看纤细的雨足在一团团水洼中纷乱地跳着。而这些雨中景象却像我停止的思维，空空如也。满目风景，却又视若无睹。而你，孩子，你不知道，你还太小太小。你才刚刚记得你的家的样子，母亲和父亲的样子。秋天来了，天气凉了，你母亲为你加衣，你怎么会知道窗外的季节、窗外的风雨。现在，你穿着漂亮的红毛衣，躺在童话一样的童车上，长长的眼睛闪动，睁着黑亮的大眼，听屋顶上响个不停的雨声，一脸的新奇和激动。

孩子，父亲小时候，在这样寒凉的天气，仍然要穿着单薄的衣裳去破旧的学校念书。一双赤足，足趾拼命地弯曲着，以免在泥泞的路上摔倒。一肚子没有几粒米的稀粥摇动着水的声音，在这声音中饥饿总是更快地来临。放学回家，仍背着空荡荡的书包去田野牧牛。听着在一片烟雨中传来的广播，看着村子中升起的一缕缕白色烟柱，我就恐惧着夜的到来。因为童年的父亲夜里总是肚子疼痛。

现在才知道，那是蛔虫寄生在肠道上的结果。那时候，父亲才八九岁。

孩子，看着你幸福地成长，一天天有了更多的表情和无忧无虑的欢笑，父亲就会想起这些陈旧的往事，不合时宜的往事，想起远在四川乡下的我的母亲，你的奶奶。奶奶已经六十多岁了，一生困苦和劳累，住了大半辈子草屋，前两年才搬进了明亮宽敞的瓦屋；而你的爷爷临死的时候，仍然住在低矮的小屋中，在那个初夏的早晨，他的眼睛在黑暗中慢慢地失去光芒，最后在黑暗中熄灭，就像天空中的星星被乌云淹没。今天，父亲想起"为赋新词强说愁……天凉好个秋"这首词。父亲写诗，但早已过了自作多情的年龄。也许父亲会为那些美和善被损害的微不足道的小小悲剧而流泪，但也会为你的每一次欢笑和那些即使迟到仍然降临的幸事而快乐。今天，父亲只想告诉你，在你的将来，会有许许多多这样寒凉的风雨，甚至于漫长的泥泞小道，而你既不能忧愁，也不能畏惧。

就这样，在这秋雨之中，我总是如此无缘由地空自悲切，在心中，和书架上无数的朋友，中国的朋友、外国的朋友、现代的朋友、古代的朋友一起，为人类、为和你一样人类无数的孩子祈祷幸福和安宁。

偷盗的乞丐

正午时分，浓郁的阳光占领了所有可以到达的地方，犹如金色的空气充满了所有的空间和缝隙。在楼与楼之间，在楼间浓绿的白杨枝叶中，这金色的阳光，或者叫空气，烟云般徐徐游动和沉浮，不绝如缕。

在这初夏季节，葳蕤的树冠间，每一片树叶都恬淡地絮语着自己的往事和难忘的幸福。而水泥楼房所呈现出的灰色情调和规整划一的外观又浅浅地透出现代社会的人间情态，这幅景象就这样既对立又有机地存在着。

我站在阳台上，俯视这宁静安谧的景象，快乐不言而喻，一上午伏案的疲累一扫而光。那些伊甸园般的抒情诗行无声地退成远景，然后消失。

这时候，他就像"样板戏"中的一个反面角色，走进这片安谧的景象。我开始悄悄地注意他，预感到他可能有着不可告人的企图。他那东张西望的样子，使空气微微一颤（其实是使我心尖一颤，我还从来没有完整地见过一个偷盗者的偷盗行为，这不免使我有些紧张和兴奋）。他伸出右手，轻轻拉下树间铁丝上的两件美丽的童裙。铁丝犹如一根琴弦，在空气中弹动，发出微弱的"哑"的声音。而我分明感到，这宁静的阳光，却痉挛般颤动了一下。

是的，他可能是我的父老乡亲。那些年，我的乡亲为了温饱，就曾身着破烂的衣衫进城捡拾废旧的东西。也许，我的父亲就曾喊着同"酒干倘卖无"一样的行话，走街串巷，养活并供我上学念书。但我没有听说，我的淳朴勤劳的乡亲用这种方式去不劳而获。何况，他们现在已经不再在城市中做诸如捡拾破烂儿这样的营生了。他们来到城里，已经穿着体面，并很有些精明地做生意和经商，而不是以捡破烂儿为生。

我从楼上飞一般地跑到他的面前，他惊恐万分，瘫软般跌坐在地上，双手死命地抱住树干，似乎害怕我拉他去见警察。从树冠的枝叶间漏下的阳光，在他布满皱纹的脸和肮脏的蓝布衣上晃动。他的嘴唇不停地嗫嚅着。虽然我听不清他在说什么，但我知道，他一个年迈的老头是在苦苦地哀求我放他走和述说他的不幸。因为他那双已经散光的眼睛，透着惊惧和哀怜。

我知道，在这片楼区，常常有自行车和衣物之类的丢失，而我就在相隔不到两个月的时间中丢了两辆自行车。我听见过我的邻居们的诅咒，我看见过他们丢失物品时焦急愤恨的样子。现在，我都清楚地记得我丢失自行车愤恨的心情。要知道，两辆自行车对我来说，就意味着我半年的工资。

我不知所措。在他可怜的眼光中，我似乎是主宰一切的君王。而此时，我的内心却像一个小偷。悔不该看见他的偷获，后悔当初不夺下他手中的童裙转身离去。现在，在我和他的对视中，我被他眼眶中混浊的老泪打败。我痛恨所有不劳而获的行为，但又同情他那无依无靠的可怜样子。我知道年老体迈的他，如果不是万般无奈，是不会胆战心惊地偷窃他人物品的。他那哀怜的表情不是惯偷的假戏。我不知道，他有没有儿子和孙子；我不知道，他是不是偷这两件童裙去讨好他的孙女；我不知道，他是来自乡下，还是住在城里。

现在，我只能小心翼翼地弯腰捡拾起被他弄脏了的童裙，从嘈杂的人群中退出去，离开他惊恐哀怜的眼光，离开人们七嘴八舌的指责。

我躲进了我的屋子，我不知道后来发生了什么；我不知道他去了哪里；我不知道我是不是被他欺骗。但我知道，从今之后，我要看守好自己的东西，尤其是良心、善良和道德。

感谢阳光

我的老家在四川。有资料统计，四川每年大约有三分之二的时日是阴晦或下雨之天。对于秋收之后翻晒稻谷的农家人来说，明媚的阳光总是姗姗来迟，简直让他们望穿秋水。可见四川阳光的可贵。

初到北方，初到黄河边的古卫之都——濮阳小城，这里还没有几幢楼房，道路也没有现在干净宽敞，也没有这么高、这么多的树木，阳光便无遮拦地从天空倾泻而下，把每一个角落都映照得灿烂而明亮。事实上，那时候这里根本不是一座城市，它只是因为地下的石油而聚集起了来自四面八方"逐油而居"的"石油人"而已。傍晚，一个人沐浴着绚丽的霞光在田野中漫步（出了门就是田野），看透明的蓝天，看天上飘动的云朵，常常使我五音不全的嗓子发痒，唱一些连词都记不全的歌。

转瞬之间，我离开四川已经快九年了。每天，我骑着自行车去上班，穿过楼并不高的家属区，穿过在晨光中闪着光亮的道路，阳光透过已经长高了的梧桐树，斑斑驳驳地落下来。晨风吹过，那摇动的光影便犹如一只只亲切的手掌抚摸我的身体，唤醒我由于时光的流逝而失去的最初那份对阳光的感恩。

现在是夏天，是夏天的早晨，我来到田野。从东方天际漫过来的红色晨光在每一声鸟叫中颤动。麦子已经成熟，金色的麦浪犹如海潮般起伏。被麦芒儿刺痒的阳光从一枝麦穗跳到另一枝麦穗。阳光沿着麦梗行走到麦子的根中，潜入这座崭新的城市的地下，在水泥的楼房和道路之下，发出"轧轧"的声响。这时候，我敢肯定，麦子的气味正弥漫在这座城市的所有角落，把人们从睡梦中唤醒。今天，这座城市的人们都将不约而同地怀想起过去自己栽种粮食的田园。

我们拥有阳光，我们拥有无数的晴朗的天，但我们却常常低着头，忘记太阳的赐予，辜负太阳的恩义，我们却一无所知。

其实，就是月光，就是使我们想起爱情、想起诗歌、想起音乐、想起和平、想起亲人、想起远方的家园的月光，不也是阳光在月亮上反身向我们投来的慰藉么？

感谢阳光吧！在阳光中行走或者停留，我们的骨头和地上的庄稼一起逐渐变得坚硬。我们将发现，某一个瞬间，我们已变成一片透明的玻璃，阳光抵达了我们身体的所有部位，直至心灵。在所有的方向，我们都找不到自己的阴影。

夜半歌声

在经过了最初的做父亲的快乐和幸福之后，接踵而至的便是对于夜里难以安眠的孩子，以及尿布、奶瓶之类琐碎的围绕孩子旋转的生活的厌倦和困惑。

而母亲，许许多多的母亲却乐观地接受了这一切。以她们爱孩子的天性，以她们与生俱来的母爱之情怀去接纳孩子的欢笑和哭闹。她们几乎没有丈夫们那种理性的思考——孩子会长大的。她们比丈夫更注重的是孩子的今天，孩子一举一动、一言一笑的表情，孩子的冷暖、喜乐和难受。

那晚，我万分困倦地坠入梦境，孩子又一次拼命地号啕大哭起来。许多天以来，孩子都这样"不尽人情"地骚扰他的父母的安眠，使她的父母每天都红着惺忪的眼睛，一边打着悠长的哈欠，一边急匆匆地去上班。我甚至想咆哮和怒吼，只是不愿在半夜三更让更多的人与我一同"受难"，才强压怒火，而只是极为不满地嘟囔了一句（也许是骂娘的），翻过身去，又沉沉睡去。

不知过了多长时间，在梦境之中，我听见了歌声，那么徐缓，那么轻柔，犹如清澈溪流中细弱的水纹荡动岸边的水草，犹如溪涧大石上那绿色的苔绒在水中拂动。

远远一片湖水多幽静

忽然吹起一阵轻风

荡起涟漪……层层

我若是那湖水

你就像那轻风

是你唤起我的爱

是你撩动我的情……

醒来，我才明白这并不是梦中的歌声，而是孩子的母亲，一边抱着孩子，一边在屋中走动所轻声哼唱的"催眠曲"。

我不知道，她抱着孩子在屋子里走了多久，不知道她喜欢的这首邓丽君演唱的爱情歌曲，在今晚她为总是惊醒的孩子唱了多少遍。我转过脸去，积雨云般的愧疚之情漫上了我的喉咙和眼眶。

我想起我们刚结婚那阵子，住在她所在中学的单身宿舍中，房子一点儿也不隔音，而邻居家的孩子又总是在半夜里醒来，放声地哭闹。我和她都曾烦躁地敲过墙壁，敲过暖气管。没有孩子的时候，我们何曾知道做父母的辛苦，我们何曾知道没有智力和思维的婴孩的"无理"。而我们都是这么长大的，在酷夏和严冬的夜晚，在母亲的怀抱之中，任凭母亲那动人的歌谣一遍遍唱过，让辛劳了一天的父母，让周围的邻居在深夜都不得安宁。

年轻父亲对孩子的耐心也许永远都只是心里的承诺。父亲们只喜欢享受孩子的第一粒牙齿、迈开的第一步、对自己的第一声称呼时自己做父亲的快乐，而对孩子的调皮和哭闹常常是火从心起，一脸可怕的"严父"神态。现在，当我想起孩子的母亲半夜里一遍遍轻唱的歌谣，想起她在调皮的孩子面前蹲下身来，讲述一些古老的故事，我的满脸怨怒就会"阴转晴天"，我举起的手掌就会像一片云一样温柔起来，揩去孩子脸上的泪花；而我不喜欢的邓丽君也终于有了一首她让我记住并喜欢的歌。

远方之书

所谓家园，其实就是个人精神安息的居所。现在，我在产生了董永和七仙女之神话的孝感，对着一页未落墨痕的白纸，犹如对着你，对着我们的孩子，想说些什么，而又无从说起。这时候，你们就是我心灵寄托和向往的家园。而我已经哽咽，已经双眼含光。

那天，你抱着毛毛，站在楼梯口送我远行，你握着毛毛的手，一遍一遍地对毛毛说：给爸爸再见！给爸爸再见！

……

我听见了毛毛响亮的笑声，那么清脆。尽管来接我的车子在楼下等我，我还是忍不住一次次地回头和停下脚步，对你、对毛毛说："再见！再见！"毛毛又黑又亮的眼睛看着我一级一级地跳下楼梯，只是"咔咔咔……"地笑着，她怎么知道最喜欢她的爸爸就要去远方，在某一个陌生的旅舍，像一个无家可归的过客怀想家园一样想念你们。

真的，这时候，我是多么愿意在你们身边，和你们一起享受欢乐和烦恼，在这座完全陌生的城市，我找不到自己的所在，我被所有的人排除在外，在他们的眼中，我只不过是一块石头，或者是一棵树一样，与他们无关。而你们在远方，我无法企及，越是盼望和想象，心情越是沉重和孤独。我不知道，我怎么会这样，这样没出息地多愁善感。我管不住自己，我总是情不自禁地想你们，想我们的家。

在这个诞生了爱情神话的地方，我想起在地上耕耘的董永，想起董永和七仙女的孩子们，想起他们传奇有缘的爱情。这种有缘使相聚的人们幸福和快乐，同时这种有缘也使人们分别时心灵忍受空间和时间的伤害。一年一夕，迢迢银河使多少有情人垂泪神伤。芸芸众生，茫茫人海，相识有缘，爱情和婚姻更是千年的缘分。我们享受了这些，我们更享受了毛毛成为我们的孩子这样只可遇而不可求的奇缘。我想，今生今世，我只有珍惜我们相聚的每一个日子，珍惜毛毛的笑声和歌声。否则，真是辜负了上苍的恩赐。

奶　　奶

　　奶奶是最爱我的。这一点姐姐、弟弟无一人有异议。因为是长孙，虽然长得有些瘦猴样，但还算健康和精灵（四川话，聪明之意），所以说我是奶奶的掌上明珠也不算太妄自尊大。

　　不知有没有人研究过这个问题，姓氏与人口之关系。我想这是一个绝好的题目。我总不明白，张王李赵怎么遍地都是。在厕所里大便，隔着木板间，看见"邻居"的一只皮鞋、布鞋或者运动鞋，因时间太久，又无事可做，便与"邻居"联络感情，问："先生，你贵姓？"回答当然是张先生、李先生或王先生之类的。你说多不多？不知你看过《超生游击队》那个小品没有，那里也有姓王的。大概这是主要原因之一。而我们赖姓人家，即使在天安门广场、北京火车站广播找人，都没几个应的。我想，大家都像我们赖姓人家这样，还用得着在每个省建一座计划生育学院吗？

　　我父亲那辈，就我父亲一人（当然是男女一起算）。轮到我们这辈，父母亲在赖氏衰微的年代，当然是"革命重担身上挑"。幸好，当时北大校长马寅初的人口论无人理睬，我母亲生下五个清一色的姐姐，令奶奶整日心急如焚。我的不负众望，当然令家人，尤其是奶奶和父亲喜出望外。俗话说，物以稀为贵。我当然不能放过这个机会，让奶奶好好地宝贝一番。

211

可以想象，我妈生姐姐们的时候，奶奶老人家脸上一定挂不住。她这熬成婆的婆，当然要摆出婆婆的样子，对儿媳横加指责，稍不如意就要厉声训斥。母亲自知"理亏"，便只好忍气吞声，希望在明天嘛。母亲的这些"辛酸史"，是母亲受委屈时嗔着父亲时"控诉"的。说父亲那时候也是奶奶的同谋，这纯属母亲意气用事。父亲是孝子不假，但还不至于不顾真理，认同谬误。父亲毕竟是读过书的。小时候写的作文还由老师在全校早操时，站在青天白日旗下念过。何况，那时已解放了。父亲只不过太软弱，不能在行动上保护自己的妻子罢了。

1963 年 2 月 28 日凌晨，我呱呱坠地，犹如一轮太阳从东方喷薄而出，给我家带来光明。可以想象，奶奶和父亲当时的欢乐之情怎样溢于言表。姐姐们的心情不得而知，不知她们是欢呼雀跃呢，还是黯然神伤，为她们本来就不高的地位将更加低下而叹息。

母亲说，我这个六斤多的小人儿或躺在她的身边，或吮着她的奶，好多天都令她喜极而泣。我的降生，对母亲来说，不啻是让她又过了一个 1949 年，同时也宣告了奶奶"垂帘听政"时代的结束。而我，也开始了自己如日中天的历史新纪元。

这些年，我每次回老家，我的一个远房姑姑还时常提起这件事。在这里不妨说给大家听听，以证明我当时"太上皇"的地位。

那时，我还是一个乳臭未干的青沟子（屁股）娃娃，由大姐带着。因我调皮好动，一不小心从睡篮中翻了出来，正巧被奶奶撞见，厉声训斥大姐："你摔着了他，我不掐死你！"吓得大姐胆战心惊。幸好我当时乖巧，一声没吭，没事儿似的，才使大姐"死处逢生"。从此，我和大姐的关系就奠定下了牢不可破的"亲善"基础。

我这个人天性懒惰，奶奶肯定了如指掌。她老人家在我大了的时候，常常骂我：你还没翘尾巴，我就知道你要拉尿。可见，知我

212

者，奶奶也。

一次，奶奶在后院绑柴火，叫我把一小捆一小捆的柴火抱到灶房，而我两趟、三趟便烦了，想溜之乎也，又怕奶奶半道捉回，就呜呼哀哉了。所以呢，我就想找点儿什么鬼灵精的理由，比如吹风啦，树子都晃来晃去啦，自己还装着树子的样子东摇西摆，说自己冷，要穿衣服。奶奶自然恩准，我便"胜利大逃亡"，溜之大吉。事后，奶奶说起，才知自己那点儿小把戏，早让奶奶看穿。奶奶只不过睁只眼，闭只眼，不拆穿我的"西洋镜"罢了。

我记得这事发生在我三岁多那年，是春天。我之所以至今仍然记忆犹新，确实是因为这事对我教育深刻。你想，我这点儿小把戏连一个小脚老太婆都骗不了，何况你们乎。所以，从此我便努力地诚实做人。

奶奶是识几个字的。我认识的第一个字就是奶奶教的。我会写的第一句话，就是"毛主席万岁"和"为人民服务"。"为人民服务"这几个字刻在我们县土产站的大门顶上，我骑在奶奶的脖子上进城看样板川戏或者看样板电影，进城出城都可以看见。奶奶教我一次之后，我便记住了。从此之后，每次走到土产站门口，我都会用比筷子大不了多少的手指指着，高声朗读："为人民服务。"至今，走到那里，我都会侧脸仰望一番。

对了，奶奶的大号叫包作青，可能是解放后取的，她自己能写。而我至今却不知道爷爷的名字。奶奶死的时候，我正在北京学习。对于奶奶，我终身的遗憾是没为奶奶买一根拐杖，而这是我主动对奶奶许的愿。也许，奶奶临死，她都盼望着我双手捧着一根龙头拐杖，放在她再也无力握紧的手上，扶她走完最后的路程。

父　亲

说起来，我父亲连一张小学文凭都没有，私塾公学加在一起，大概只念了两年来书吧，可他认识的字却是我姐姐他们那样的中学生没法比的。父亲认识的字，大多是他自学所得。至今，我都记得，我家那时候有两本纸页发黄的汉语字典，当然全是繁体字。姐姐她们上中学那阵子，我们国家正在搞"运动"，大家唯恐与文化有半点儿瓜葛，所以现在，她们念或写几个白字，也是情有可原。

下雨天，田里没活儿，父亲常常端一个小板凳坐在我家堂屋门前的屋檐下，戴一个断了腿的老花镜，聚精会神地读一本没有封面的书。乡下嘛，大家都识字不多，对"读书受害"的道理认识肤浅，所以父亲多年的闲情逸致才没被革除。听奶奶说，1960年饿饭那阵子，父亲用箩筐挑着成担的旧书进城去卖，换几个锅盔回家聊度饥荒，可见父亲看过的书不在少数。

许多年来（即使至今），爷爷在我家仍是一个忌讳的字眼，所以，父亲和奶奶谈起往事，爷爷总是被忽略不计。奶奶说，解放前我家主要靠奶奶纺线养家糊口，供父亲上学念书。有一段时间，奶奶还曾到一家烟厂做过卷烟的女工。因为实在家贫，父亲终没有"学而优则仕"，初小还没有学完就辍学了，从别人家租了田，帮爷爷种庄稼、烟叶什么的，维持家计。从这些情况可以知道，父亲并不是七岁入学的。

那时候，奶奶白天黑夜地纺线，每到夜里，父亲就坐在奶奶的旁边，不管冬天的寒冷，还是夏天的闷热，都在昏黄的油灯光中，在奶奶纺车的吱扭声中，手捧一本书（大多是话本之类的小说）念给奶奶听。我们小时候，奶奶便把这些听来的小说当成故事讲给我们几个姊妹兄弟听。后来，我们长大，奶奶还时常提起父亲小时候给他念小说这件事，言辞之间不免有些自喜，认为她的儿子并不比她的儿子的儿子笨，要不是贫穷所迫，还不得上更大的学，然后在城里工作，天天供她老人家进戏园看川戏。

父亲确实有造就我们几个姊妹兄弟染上书香的企图。因为爷爷，我们上学确实很难，大姐为了念初中，就不知转了几个学校。近的学校上不了，就跑到偏远的学校上，从小就开始一天来回地跑，或者寄读亲戚家，到最后才好歹上了个农业中学（初中），刚上完就搞"运动"了。二姐就更别提了，小学毕业后，便无学可上了。三姐呢，还算好点儿，算是"复课闹革命"的初中。那些年，最伤父亲脑筋的就是我们的上学问题，唯一值得欣慰的是，我们六个姊妹兄弟的学习成绩还算可以。尤其是我们三弟兄，算是不负父望的。我，初中毕业考了个工科中专，二弟高中毕业，三弟大学毕业。

父亲的一生实在是多舛，少年好学却因家贫而辍；壮年时，遇车祸，被轧断锁骨，在成都的医院躺了好多天才醒过来，堪称死里逃生；到了五六十岁，儿女大了，可以享点儿清福了，又患了胃癌，动手术切了四分之三的胃，结果两年后，仍然沉疴不起，回天乏术。每每想及父亲的一生艰难，我便黯然神伤。他老人家早知一天清福都享不到，养我们这些无用的儿女干啥。

父亲病重时，我正在河北任丘的华北油田开会。家里的电报发到单位，单位的同事挂长途电话到华北油田的宾馆，我恰巧晚饭后散步未归，电话还是服务员接的。我至今要感谢这位服务员，是她负责地把父亲病重的消息转告我的。一听到父亲病重的消息，我顿时便失魂落魄，心里想，父亲这次恐怕难胜死神了。当晚，我从任丘马不停蹄地赶到北京，然后乘火车回到四川老家，看见父亲骨瘦如柴的样子，泪水便在眼眶中打转。从表面看，父亲的精神还好，起码说话不成问题。那几天，我喂他流质性食品，或扶他大小便时，他都多次告诉我，他不行了。而父亲才五十七岁呀，他本来还可以有几十年的日子要过，我们和他又怎么会心甘呢？

我以为，父亲会对我说些什么的，但他临死都没对我以及任何人说过他的一丁点儿愿望。我想，父亲的心中一定了若明镜，他连生的愿望都无力实现，其他的愿望又何足道哉。

父亲是我归家后的第三天早晨断气的，眼睛睁着。我用手掌轻轻地抹着，抹了好几次，才为父亲合上双眼。父亲的愿望太多，所以才死不瞑目的。我不知道，我该怎样努力才使九泉下的父亲心安。但我知道，我们欠他太多，那残酷的岁月欠他太多。

父亲去世之后，我一直想写下点儿什么，但每次提笔，都因纷乱的思绪和太深的痛痕而未能成文或成诗。1987 年 6 月，父亲去世的一年之后，在闷热的上海，在长江饭店的八层楼上，我想起父亲，写下了《唱给父亲的祭诗》这首诗。今天，在距父亲去世后四年，在从武汉赴南京的江途中，又写下了此文，算是我这个长子对父亲的祭奠。

母　亲

　　我们家并不是那种严父慈母的传统模式，而是相反。母亲自从1949 年二十一岁时嫁到我们赖家，几乎就没有过一天舒坦的日子。1951 年，爷爷被误判枪杀，受人白眼和歧视；随后又因一连生下五个女儿，身背"无后不孝"的枷锁；接着是三年困难时期，我的四姐被迫送人，五姐饿死……我们全家的温饱都要算计了又算计，才可勉强度日。母亲对我们的严厉，我们姊妹兄弟完全理解。母亲是恨我们之铁不能成钢。她除盼望我们正直、善良、学习成绩好以外，她还希望我们中有一个能出人头地，有本事，有一个可以让她老人家不受那些"狗仗狼势"之人的欺侮，改变我们家一直"被动挨打"的面貌。许多年来，我家都因爷爷的阴影而一直是夹着尾巴做人的。然而，失望得很，至今她老人家最小的儿子都大学毕了业，我们姊妹兄弟六人中竟无一人之职带"长"，哪怕是组长。

　　母亲一天到晚、一年到头辛辛苦苦地供我们上学、供我们吃、供我们穿，我们还不为她老人家"不蒸馒头，争一口气"，她怎么不气火攻心？在火气头上，打我们，骂我们，原是合情合理的，所以我们毫无怨言。

　　母亲的娘家姓钟，有一个还算文雅的名字，钟官秀。这一点，

217

她老人家倒是应该感谢新社会。要在解放前，她恐怕便只有赖钟氏这样简明没有"地位"的代号了。

母亲讲，她娘家是比我们赖家有钱的，所以，解放时我舅舅家的成分是中农；而我现在档案中家庭成分一栏却是响当当地写着"贫农"二字，可见，当时母亲是"下嫁"了的。1949年，四川还没有解放，母亲的婚姻当然是媒妁之言，所以，母亲生父亲的气时，便会"悔不当初"，说要不是父母当时做主云云。

汉朝就有"盗不过五女之门"之说（有五个女儿的人家，盗贼都不偷），而母亲恰巧一鼓作气地为我们赖家生下了"五朵金花"，以"玉"字为辈，一字排开，便是玉华、玉蓉、玉秀、玉芬（1959年饿饭时送人，至今下落不明）、玉清（1960年饿死）。我们家当时的贫穷就可想而知了。

母亲打过我许多次，因无意算"历史旧账"而暗作"变天账"，所以其前因后果基本都记不清了，更遑论对我家常便饭般的训斥了，哪怕我是她的长子，我的应运而生又让她老人家过了一次1949年。父亲的性情却非常平和，很少训斥我们。即使我们做错了事，父亲也是轻言细语，做细致入微的"思想政治工作"。几乎在所有事情上，父亲都唱"白脸"，与唱"红脸"的母亲配合默契地把我们家这条篷上漏雨、舱中漏水的船，一次又一次地撑过险滩恶水。

我至今记得母亲打我的那次，是因为我悄悄拿了她的钱（想凑钱买小人书），被母亲发觉（她焉能不发觉？一分钱她都要掰成两半儿花），四处寻找"赃物"。我是重点怀疑对象，果不料，从我的《毛泽东选集》中翻出。母亲义愤填膺，怒不可遏，拎小鸡般拎着我的衣领，四处寻找"批判的武器"，然后对我进行"武器的批判"。母亲用竹条子对我好一阵"毒打"，我泪如泉涌，痛得呼爹叫娘，母亲也是眼泪汪汪，恨我如此不争气，竟干出此等"勾当"，任凭我鬼哭狼嚎，母亲都不轻饶。直到作"鸟兽散"的姐姐弟弟们叫来了奶奶和父亲，母亲才罢了手。从此之后，我便再也不敢拿我家的"国帑"，妄动"国库"了。

现在想来，那些年母亲的火气那么大，对我们的管教那么严，实在是情有可原。家境不好，她老人家的心情当然不佳，再加之爷爷的阴影，她当然不敢对我们稍有懈怠，以免留下话柄，让他人指脊梁骨。

我还记得母亲讲过的这件事。那是在"大跃进"年代，乡下的公共食堂、幼儿园之类的"共产主义"形式正搞得轰轰烈烈。其实，从孩子们面黄肌瘦、营养不良的脸上，就可看出"轰轰烈烈"的背后，实际上是飘摇欲倒。据当时进幼儿园的大姐讲，当时幼儿园就是以菜叶和可见人影的稀饭去应付他们那些正待营养的孩子的。因为孩子们每顿都难得吃饱，吃饭时，肚子便饿得如六月青蛙叫。待吃饭的钟声一响，孩子们便如一群争食的小猪崽，一齐蜂拥而上。可怜当年身体瘦小、才五岁的大姐，常常是"挤不上槽"，望着其他或年龄大、或身体强、或性子野、或受"阿姨"恩宠的孩子手捧大土碗，埋头苦干而兴叹落泪。一日，大姐中午饭便被争先恐后的"小大猪"排挤在外，晚饭虽早有准备，且摩拳擦掌，跃跃欲试，但终因体单力薄，又"名落孙山之外"。当晚，大姐回到家中，哭诉此等悲惨遭遇，泣不成声。在田里劳累了一天的母亲怒火中烧，拍墙而起，亲率大姐直奔村干部家，胆小怕事的父亲拉也拉不住。经母亲有理有据的"犯颜进谏"，唤醒了这个干部的人道主义同情心，终于同意公共大食堂另为大姐煮一碗稀饭。

母亲现在想起此事都还有些后怕。母亲说，当时她确实是被逼如此的。因为公共食堂，家中不仅拆了灶台，砸锅炼了铁，而且家中没有任何可吃的东西。那时，要是在谁家搜出粮食，没收不说，其家长还得被揪上台批斗。

从这件事，就可看出母亲内心对儿女之爱是多深多切，所谓"一滴水中见太阳"是也。

我曾经写下许多首关于母亲的诗，其中一组《母腹》多达十首。德国浪漫派诗人诺瓦利斯说："哲学就是怀着乡愁的冲动去寻找家园。"其实诗歌亦然，而且有过之无不及。在我的心灵深处，在我略带忧伤的诗歌中，母亲永远都站在家园的门口，犹如一盏玻璃的灯。那枯黄的光线闪烁，亲切地抚摸一个游子孤独的心房。母亲是具象的，是母亲在诗中把我带回家园。

我是十五岁那年离开家乡、离开母亲去城里上学的。一转眼，十二年已经过去了。在这十二年中，母亲无数次地来到我的梦中。我不知道该怎样来向人们述说自己的母亲，这篇潦草的文字，我竟断断续续地写了近一个月。每次提起笔，思绪都难得平静，关于母亲的那么多记忆都涌到我的心头。

母亲已经六十三岁了。一想到逐渐老去的母亲，我就恨不能回到母亲身边，以赤子之心善待母亲，给母亲以快乐幸福的生活。前几天，收到小弟的来信，说母亲的身体已不如前了，经常腹痛，医生说是阑尾炎，等天凉了，再做切除手术。看到这些，我的心好紧。但愿上苍赐给母亲战胜病痛的力量！但愿上苍保佑母亲平安！

回家吧，四姐

信写好放在书桌的抽屉里，好几次拿起又放下，一直都没有寄给母亲。我实在害怕这封问询四姐的生辰年月和四姐遗失的时间及细节的信，又戳伤母亲结痂的心，让母亲平静的生活又掀起悲伤的波澜，那实在是有违孝道的。但我在夜间无数次的辗转反侧之中，又总认为，这也许也是母亲的一块心病，虽然她老人家不说，但在她六十多岁、有了安康生活的今天，心中难道不思念和怀想她那被迫送人的四女儿吗？我写下这篇文章，其原意也是想在报端披露四姐被送人这件事，希望为母亲找到女儿，为姐姐们找到妹妹，为我和弟弟们找到从未见过面的四姐。

信终于发了出去，不久就收到了二弟代母亲写给我的回信。我展开信纸，当我看到母亲对三十多年前那幕惨剧仍然记忆犹新的叙述，我的心禁不住一阵颤抖。我想起，母亲几年前对我讲起这幕惨不忍睹的往事时，她那含着泪光的眼睛。我想，这次，当母亲一字一句地告诉二弟这个往日的悲剧时，她那原本还未愈合的心灵之伤一定又渗出了新的血珠。

那时，我还没有降生人世，我只能根据母亲的回忆来叙述这个真实的事件，并把它想象成我们电影中贫苦人饿死、被逼卖儿卖女的场景。而这些电影原本是让我们年轻一代记住解放前，记住贫苦人的血泪之仇的。

1959 年，也就是我们所说的三年困难时期，在我的老家，富庶的川西平原，被老作家艾芜先生称之为"丰饶的原野"的地方，几乎家家户户断了炊烟，而且可吃的草、草根、树皮都再也难以找到。有许多人就是在离家寻找食物的路上，饿倒路侧，便画了一生的句号，横下之后便再也不能竖立。

在农村，冬月之月，本来就是乡下人饥馑的时日，何况 1959 年那样的大灾荒。那时，五姐刚生下来不足十月，终日嗷嗷待哺。四姐也才两岁零五个月，四邻之中，婴幼儿饿死屡有出现。那夜，母亲和父亲背着奶奶商量了几乎一夜（其实也是唯一的出路），决定狠下心肠把四姐送人，以逃生路，免其在家与其妹争食，成两女俱亡的更惨之剧。即如此，送走四姐之后，五姐也仍未能幸免，于 1960 年 4 月病饿交加而死，其时年仅十四个月。但是，母亲、父亲、奶奶和姐姐们却永远记住了仅有岁余生命的赖玉清这个名字。

要把四姐送人，谈何容易？其时，长城内外、大江南北无一处不大闹饥荒，即使城市人的粮食供应也微乎其微，差可度日。所以，要想把一个仅两岁余、只能吃饭（大概还要比大人们吃得好一点）的女孩儿送给他人，谁家又肯"雪上加霜"呢？

为了能送掉四姐，母亲和父亲想了个"万全之策"。新都县在宝成铁路线上，又与成都毗邻，距成都仅二十来公里。那天，母亲用小孩背篼背上四姐就去了新都火车站。一列从北往南向成都方向开去的火车在新都站停下，母亲就背着四姐上了火车。在车上，母亲把四姐从背上放下来，从衣裳口袋中掏出事先剥好的花生，放到四姐的小手中，骗四姐说："你不要动，妈去给你买糖糖。"说完，母亲便转身离开了火车。

母亲给四姐的花生是家中最好、可以用粒计的食物。花生和其他一些家藏粮食都是舅舅家送给我们家救命的。为了把这些粮食从近二十里外的舅舅家拿回家，母亲多次一路骗过路上查路条及防止私运粮食的乡村干部，藏着掖着才"得逞"。在实行公共食堂前，离县城更远，处于新都、广汉、彭县三县交界处的舅舅所在的那个村相对我们村管理上松一些，所以有心计的舅舅在上缴粮食之前便把家中的一些粮食偷埋在了地下。为了把舅舅给我家的粮食拿回家，母亲把粮食塞在怀中，装作孕妇，还曾放在小孩的背篼中，用布包了，装着背的是孩子。从此一点也可以看出，能如此搬运，这救命粮也是很有限的。

母亲和父亲"设计"的这个万般无奈之策，是想几十分钟火车到成都之后，孩子还无人捡拾，铁路局总会管一管的，收养当然更好，转送他人也不错，只要能捡一条活命，就是孩子的大幸了。总之，报上常说，孩子是祖国的未来，是祖国的花朵，既是国家的人，由国家哺养好像还不算把困难推给国家吧，何况事关一条人命，恐怕国家还不会狠心不管。母亲这么告诉我，她和父亲当时就是这么想的。

几分钟之后，列车开走，母亲在站台上一下就瘫在了地上。她用头和拳头碰击着坚硬的水泥地，却不知道疼痛。北风怒号中，灰尘纸屑四处飞扬，火车站的墙上赫然写着"大干五十天，提前跨入共产主义"的大字标语仍醒目如昨。母亲想到从此之后，她也许就永远失去了她的这个女儿，几乎在站台上昏厥过去。

今天，我们是多想见到你啊，四姐。四姐，如果你还活着，你就回来吧，回家吧，看看你的母亲，看看死不瞑目的父亲和奶奶的坟茔。你不要怨恨母亲和父亲。

如果四姐还活着，收养她的父母，那对慈善的夫妇一定知道。母亲说，四姐的身上，缝着父亲写下的四姐的姓名和生辰：

赖玉芬 一九五七年农历六月十七日生

而送走四姐的那天，是 1959 年，冬月十五，母亲至今仍然清楚地记得。

秋夜蝉鸣

　　暮色四合，一个人随便地斜倚在沙发上读书。在那抬起头来或赞叹、或叹息的时候，看见白色的窗纱像口中吐出的香烟，在眼前起伏缥缈，<u>丝丝凉意沁人心脾</u>，心下便突然感觉到：这秋天已经蹿到了自己的眼前。

　　我放下书，走到窗前，我想我应该听到一只或两只、一声或两声蝉鸣。夜色很静，窗前的杨树黑黝黝地站在秋风中，发出树叶碰撞时飒飒的声音，但却没有蝉声。一声也没有。要知道，在夏天，这蝉声还是那么响、那么亮、那么嘈杂，转眼之间，竟没有了一丝声息，让我禁不住怀疑起了那些在书中的秋天叫了几百几千年的蝉声了。

　　我当然还没有染上胡适先生那样的"考据癖"，不敢在"无疑处有疑"，但在"有疑处"却还是有几分认真的。记得读过的《诗经》中有蝉鸣之句，就随手从书架上抽下来，以求一证。

　　《豳风·七月》："四月秀葽，五月鸣蜩。"蜩，蝉也。夏历五月，夏天，蝉当然要鸣，而且是鸣个不停呢。

　　《小雅·小弁》："菀彼柳斯，鸣蜩嘒嘒。"既然柳树枝繁叶茂，当然也是夏天，无疑！

　　《大雅·荡》："如蜩如螗。"（螗亦为蝉的一种）叫得这么热烈、这么如痴如醉，岂能是秋天的寒蝉？我可没听见过。

翻罢《诗经》，我心中想：这蝉恐怕就只在夏天叫了吧？说什么秋夜蝉鸣的人大约是想当然耳！

陡然想起庄子《逍遥游》中有句曰："朝菌不知晦朔，蟪蛄不知春秋。"蟪蛄也是蝉。汉朝扬雄著《方言》，在其十一上说：……宋、卫之间谓之蜩蟟，楚谓之蟪蛄，秦晋之间谓之蝉。"扬雄细细考据出蝉六七个之多的"笔名"，怕是那年头蝉也怕"文字狱"，不敢行不改名、坐不改姓地乱叫，不平也不能鸣，鸣就要匿名。

既然这不知春秋的蝉，春生夏死，夏生秋死，那秋天中，蝉又岂能有惊人之鸣，恐怕只是"几声凄厉，几声抽泣"罢了，鬼才听得到。想到这些，我自是信心倍增。现而今写"翻案文章"的人不少，"成名"者亦多，何况我"有理有据"，又怎会甘心则已的不鸣。

在我正得意之间，窗外树上却有什么东西"唧唧啾啾"地叫了起来（可千万别是蝉，但愿是欧阳修《秋声赋》中的"秋虫唧唧"那样笼统地叫），支耳若无，转身即有，真真是恼煞我也！为了证实是我的错觉，我竟把正在梦中的老婆拉将起来，问她："窗外是什么虫子在叫？"

她没好气地说："蝉叫！"并要我今夜待孩子醒来，一边给孩子喂牛奶，一边真切体味。铁证如山！我顿时像泄了气的皮球，心想，这"翻案文章"还没开头就得收场了。

"既然是蝉子叫，我就不听了，孩子还是你喂吧。"趁她闭上眼睛之前的那一瞬间，我赶快"推卸责任"。我夜里睡觉那个香，跟死猪一样（老婆语），要是被打断，第二天一天都不舒服。

虽说是耳听为虚，眼见为实，我可是不再否认秋蝉可鸣（其鸣也哀）。

在儒家经典，以记述秦、汉以前各种礼仪的选集《礼记·月令》篇中就有明确记载："孟秋之月，寒蝉鸣。"

其实，在中国浩如烟海的古籍中，涉及秋蝉之鸣的不在少数，但说其夜鸣的却不多，而现在城市中的白日，即便有秋蝉在叫，因其稀少，也难以听见，这大约就是我不以为秋蝉可鸣的原因。

为了自责自己的粗心，今晚我只好一边读书，一边"夜陪蝉声到天明"了。

记得司马迁著《屈原列传》（《史记》）中有誉屈原"……濯淖污泥之中，蝉蜕于浊秽，以浮游尘埃……"之句。想必蝉在秋天中这种脱尘高洁的寓意在汉代才开始载入诗章。所以，司马迁就把这个充满着浪漫主义的杰出比喻献给了我们的屈大诗人。

为什么《诗经》中没有蝉的这种寓意呢？我想，一是因为《诗经》是由许多民间歌谣整理而成的（虽说其中也有不少是奴隶主之作）；二是因为当时的政治社会文化生活状况，还没有后来文人墨客阶层、士大夫阶级那种怀才不遇而又不奴颜婢膝的清高自傲和超凡脱俗。即使在距《诗经》成书年代晚三百年左右的荀子（战国时期）在其所著《大略》中说到蝉，也仅是"饮而不食，蝉也"的客观陈述，并没有予以蝉什么特别的"内含"和"外延"。所以在《诗经》中听不到秋蝉之鸣，和关于蝉那种后来大家共知共识的寓意，就不足为怪了。

至于蝉蜕，成为佛道对人之死的别称，经现有资料考证，是唐朝才开始的。唐朝贯休和尚之《禅月集》（四）中有一首《经旷禅师院诗》，中有"再来寻师已蝉蜕，薝卜枝枯醴泉竭"。

《楚辞·淮南小山招隐士》中有"岁暮兮不自聊，蟪蛄鸣兮啾啾"之句，此处作者已开始把秋蝉描绘成清苦孤独的形象。而汉代

《古诗十九首》之其七，则通过对比的手法，"秋蝉鸣树间，玄鸟逝安适？"表达作者对高栖清苦之蝉的爱意。相反，对燕子（玄鸟）春来秋往、就暖去寒的候鸟性格就有些不屑了。

按东晋，曾任中书令的温峤在《蝉赋》（晋朝孙楚亦曾著有《蝉赋》之文）称蝉"饥翕晨风，渴饮朝露"之说，蝉确实具有那种"餐风饮露"、卧听松声的仙风道骨。所以风流名士们以蝉自况者不在少数。初唐四杰骆宾王有一首《在狱咏蝉》的五言诗，曰：

西陆蝉声唱，南冠客思侵。

那堪玄鬓影，来对白头吟。

露重飞难进，风多响易沉。

无人信高洁，谁为表予心。

那个当年吟哦"鹅、鹅、鹅，曲项向天歌。白毛浮绿水，红掌拨清波"的少年豪迈，那种踌躇满志的气概已一去不复返了。有的只是受冤蒙屈的感慨叹息。骆宾王借咏蝉以抒发世道艰险、高洁受冤的情怀，令人眼润喉哽。

元好问作有一首《野菊座主闲闲公命作》诗，曰：

荒畦断垄新霜后，瘦蝶寒螀晚景前。

只恐春丛笑迟暮，题诗端为发幽妍。

菊丛、瘦蝶、秋蝉三个意象烘托出了一个多么沉静、清雅的氛围，其凄凉、清苦之意虽非十分浓郁，但整首诗却透着士大夫们所推崇的虚静之美。王摩诘《辋川闲居赠裴秀才迪》之诗，"寒山转苍翠，秋水日潺湲。倚杖柴门外，临风听暮蝉……"则显现出了一派盎然禅意。

历代诗章大家写了不少或以蝉为"主角"或以蝉为"配角"的妙文佳诗，而且秋蝉占据"历史舞台"的时候多。我以为，个中原因在于秋蝉那种清苦而又无所求取的精神，那种临死仍要引吭高歌的孤傲气概让在逆境落拓之中的他们倾心，并有同病相怜之感。即使在古代画家的笔下，其蝉也多有"发现"。在画蝉方面，成就最高者恐怕莫过于明朝的孙龙了。他画蝉，以彩色渲染，生动鲜活，惊之竟有飞之态，自成一家。他的《花鸟草虫图》册页珍藏于上海美术馆，其中就有蝉图册页。

五代十国时期，马缟在其《中华古今注》中讲了个蝉的故事，堪称一篇既精又妙的小小说。"昔齐后忿而死，尸变为蝉，登庭树泣唉而鸣。王悔恨，故世名蝉为齐女焉。"好一个可歌可泣的爱情悲剧传奇，堪与莎翁的《罗密欧与朱丽叶》相媲美。在此，我愿将此优秀素材无偿推荐给海峡那边的琼瑶女士，盼她在参考宋朝王沂孙《齐天乐·蝉》之绝妙诗词的基础上，改编成数十万言的长篇巨制，去赚少男少女们的钱袋，以及他们如珠晶莹的眼泪。

关于诗的随想

　　一度，我曾对"朴素的诗歌"表现出热爱。喜欢"朴素的诗歌"那种纯朴、自然的诗歌文本和内容上近人远空的实在性。但是在我投入和迷恋的同时，我也感到了接踵而至的问题。作为诗歌，单一的文本，即语言的叙述状态和方式的相近，也肯定会使我厌烦。

　　我想，其实在我当初对"朴素的诗歌"表现出热情的时候，也只是一种悖逆的心理，一种对那些在词汇中生活的"诗人"的反动。我被可以飞翔的语言、轻盈的诗所吸引。高尔纳文（荷兰诗人）曾在他的一首名为《语言》的诗中说：

　　　　语言属于鸟

　　　　而我太是人了以致不会飞翔（马高明　柯雷译）

　　在这首诗的其他诗行中，高尔纳文一再慨叹其"飞翔的语言"的不可企及。连高尔纳文都为寻找语言、寻找鸟儿一样的语言（天籁般婉转的音乐、光洁的羽毛、扇动的翅膀、静止滑翔的姿态）如此苦恼和叹息，我又有什么理由不把目光和精力用来建设我们朴素轻盈的诗歌艺术呢？这便是我当初的真实想法。

　　随之，我就放弃了这种偏颇的认识。因为在实际的创作中，我总是不自觉地因内容的不同而进入相应的语言状态，而不是进入唯一的、我所认为的"朴素的诗歌"那种纯粹轻盈的语感的流动之中。为此，我更加坚定了过去那种朦胧的想法：纯朴自然并不是，也不可能是诗歌艺术唯一的至美至境。除开朴实无华那种"大美无言""大象无形""大音希声"之类的东方神秘主义的智慧之境、虚静的美学倾向以外，那奇异瑰丽、辽阔高远而又深刻的境界更是诗歌对于诗人更高层次的要求和考验。因为这类诗歌几乎是"媚俗的"、以流行的诗歌范本而操笔为生的"诗人"不能望其项背的。这些诗歌使他们在"写诗"这个行当中失业——这类诗歌几乎是无法仿造和再拟的。那些在"潮流"之中高举三角旗、跟随别人喊口号的"诗人"在这类诗歌面前就十分尴尬，他们那种百试不爽的"如法炮制"之"利器"在这类诗歌面前当然只有失灵。这类诗歌非常苛刻地要求一个诗人需要，诸如智慧、想象力、灵悟、天生的感觉、对直觉的选择、对时间和空间的自如运作、对语言的准确把握等天才能力。这类诗歌就像星光下的水晶一样折射和显明诗人高贵瑰美、纯粹奇异的心灵和梦幻般奇妙的创造（比喻总是跛脚的）。在我阅读艾略特的《荒原》《四个四重奏》，埃利蒂斯的《初升的太阳》《英雄挽歌》以及勃莱、瓦莱里等大师们的诗作时，我感受到他们清凉或灼热的指尖对世界的抚摸，满怀感悟的抚摸，以及他们的心灵和生命在诗国的天空闪烁时的辉光。

我相信这句话，诗歌也即诗歌史（哲学也即哲学史的转借）。在当代中国诗坛，数以百计，甚至成千个"媚俗"的诗人在制造着分行的文字垃圾。但我们仍然可以看见高贵和纯粹的诗，仍然可以看见那些满怀创造热情的诗人诗中晶体的闪光。虽然要困难地透过层层迷雾，但我们毕竟看见了。这其实就是诗歌，或者是诗歌史的无情，或者说公正。那些企图以写作的数量取胜的妄想都是自欺的泡

231

影。那些发表了多少首诗，在多少家刊物上发表诗的"诗人"在他们自称的同时，我们便看到了他们在水中抓住稻草挣扎的呼救和悲哀。但诗歌和诗歌史都无动于衷。泥沙终归是泥沙。

从某种意义上说，就是那些因宣传的需要、导向的需要等诸种因素而不得不采取的选稿标准妨碍了诗人们的成长，而且构成危害。许多天分极高的诗人的极早衰亡，报刊们负有不可推卸的责任。

我敢肯定，世界上是没有过哪位诗人仅凭借勤奋和努力就成为诗歌艺术大师的。作为诗人，他一生的使命都在于创造，在于创造性地发现（discover），而不是寻找（find）早已存在的事物。

我确实感觉到，一个诗人的产生，以至一首诗的诞生，都有着某种神赐天赋的奇妙过程。除开珍惜这种天意以外，我们别无选择。

后　记

　　我是一个不怎么会给自己的文字取名字的人，所以不管是小说还是散文，有好几回，认真的编辑都把它们另取一个更见本性也更堪玩味的名字才付印。

　　我时常庆幸自己在生命的历程中能够与文学相遇，与无数天才的作家相遇。我出生在川西农村，十五岁从一所小学中的初中班毕业之后，到重庆上了一所工科中专，所受的学校教育尤其是中文教育很少，就连我自己也说不清楚自己为什么会与文学有缘。近二十年来，我都生活在异乡，这是否证明了"客子光阴诗卷里"（南宋·陈简斋）这行诗的精辟呢？在黄河岸边的异乡，回望故土，那些曾经的往事就在田野和村庄中，像宣纸上刚落下的墨迹一样，在我的心灵间洇濡漫漶。稻花和蛙声、石桥和河流、芦荻和鸟鸣、麦穗和朝霞，在我独自沉入自我的内心时，使我不断地产生表达的欲望。回想我最初的散文写作，怀乡之情不能不说是最大的指引。

　　如果说，一个小说作家是以获得"叙述的冒险"的快乐而写作小说的话，那么一个散文的写作者则是在散文这一书写形式中找到了"文本的愉悦"（罗兰·巴特），从而继续了自己的言说，这大约就是散文这一书写形式不管是在中国还是在外国从古至今虽然观照的对象有了许多拓展和改变，叙述的话语方式也有了极大的差异，

233

但作为文学殿堂中的一种言说方式却并没有在后来者中中断其书写；事实上，散文在我们当下的文学言语方式中已经呈现出一种"众声喧哗"的状态。

我多遍地阅读过罗兰·巴特、博尔赫斯、罗布－格里耶、勃莱，等等，也阅读苏东坡、张岱、林语堂、梁实秋。阅读罗兰·巴特们，对我的智力是一个考验，感到他们思想的重量，感到他们为思想而思想的愉悦，沉醉于他们迷人的文辞、他们的奇思妙想、他们建造的充满诱惑的迷宫之中。对于他们，我更像一个考场上的考生，一个面对他们答辩的人；而阅读苏东坡们，情况就大不相同了，我也成了一个快乐主义者，时常为他们的机智、他们的幽默而会心一笑。对于他们，我则是一个被主人放任自流的书童。

最后，我想说的是，与面对人群相比，我更愿意面对自己。在面对自己时，我丝毫不会担心自己会"失语"，会词不达意。这也说明，我的懦弱和胆怯，我对于文学或者说对于写作的认识和理解显得如此的不自信。

谢谢无数的热忱和真挚，谢谢愿意翻阅这本书的人们。是你们鼓舞着我向着生命的圆满迈进。

作　者

图书在版编目(CIP)数据

出门在外／瘦谷著. — 北京：中国文史出版社，
2020.1

（跨度新美文书系）

ISBN 978 - 7 - 5205 - 1251 - 0

Ⅰ. ①出… Ⅱ. ①瘦… Ⅲ. ①散文集 - 中国 - 当代
Ⅳ. ①I267

中国版本图书馆 CIP 数据核字（2019）第 185915 号

责任编辑：蔡晓欧　薛未未

出版发行：**中国文史出版社**

社　　址：北京市海淀区西八里庄 69 号院　邮编：100142

电　　话：010 - 81136606　81136602　81136603（发行部）

传　　真：010 - 81136655

印　　装：北京东君印刷有限公司

经　　销：全国新华书店

开　　本：720×1020　1/16

印　　张：15.25　　　字数：183 千字

版　　次：2020 年 1 月第 1 版

印　　次：2020 年 1 月第 1 次印刷

定　　价：55.00 元